日語研究室

NHK主播
為你解析110個常見用語的緣由，
理解曖昧日語的思考、
含意與運用方式

サバを読むの「サバ」の正体
NHK気になることば

NHK廣播室 編
許郁文 譯

譯者序 學語言，從文化學起

大家好，我是本書的譯者，敝姓許。想必大家都聽過「學語言，從文化學起」這句話，但文化何其廣大深遠，一時之間，很難找到切入點。

不過，當我們將注意力放在詞彙的起源，了解這些詞彙的過去與現在，就能在背誦單字的過程中，了解藏在這些單字背後的文化。在下學習日文至今約莫二十幾年，但在翻譯本書的時候，還是得到不少收穫。比方說，日文的下午茶「おやつ」為什麼要說成「お八つ」？或是日文的「先」到底是過去還是未來，以及豆腐的單位為什麼是「丁」，當我們了解這些單字或慣用語的起源，這些單字與慣用語便會自然地內化，我們也能將這些單字納為己用。

假設你也希望透過日文進一步了解日本文化，那麼一定要看看這本與語言有關的書籍。雖然市面上早已充斥著各種單字書，不過大部分都止於單字的意思或例句的教學。這類教學內容雖然實用，卻往往流於表面，缺乏深度與溫度。以書中的「たまげる」為例，一般的單字書可能會解釋這個單字是「嚇得魂飛魄散」的意

思，但何時該使用這個單字，它又與「ビックリする」、「驚く」這類意思相近的單字有何不同？不了解這些差異，就無法靈活使用這個單字。

許多人都在學日文，也都覺得自己會日文，但其實從許多細節就可以判斷一個人的日文優劣。不過，重視這些細節的用意不在於評斷、批評他人，而是幫助他人更上一層樓，身為譯者的我覺得這本書能幫助我們這些日文學習者，檢視自己在日文上的弱點與盲點。

由衷盼望大家能跟我一樣，從本書得到更多與日語有關的新知識，進一步了解日本這個國家。

——許郁文

好評推薦

做為一個日語教育工作者，我每天思考的都是學習與教授日語的各種問題。而日語做為一種外語，這些問題則可從語音、文字、語彙、語法、句型等層面來剖析。其中，語彙與句型（慣用句等）的背後又時常牽涉到日本的歷史與文化。像是日本人在喜事節慶時，經常會吃鯛魚（たい）來慶祝，這就是取自於可喜可賀（めでたい）這個詞的語尾，「吃鯛魚」在日本文化上有「喜慶吉祥」的意思。

本書就是以這樣的角度來解釋說明日語中的詞彙與用法，將我們在學習日語時覺得「為什麼會這樣用」的種種問題，從語言、文化以及歷史等角度去分析與說明，讀起來趣味橫生，令人眼界大開。如果您對學習日語或日本文化有興趣，千萬不可錯過此書，本人謹此誠心推薦。

——王秋陽／「王秋陽老師的日語教室-秋日和風讀書室」粉絲頁版主

你有沒有想過為什麼日本人每次來拜訪，帶了禮物卻總是說「小小心意不成敬意」，你心裡是否會吐槽那你為什麼不帶大一點的禮物來呢？日文是個曖昧的語言，日本人不愛把事情講得清楚，總要留條後路給自己、留個台階給你下，透過日文的用法，可以深切感受到日本人自謙又委婉的個性。

爲什麼搬家紙箱上面會出現「天地無用」四個字，原來是因為直接告訴對方「欸這個不能倒過來放」太過命令又直接，所以用這看似帥氣的四個字告訴你「上下禁止顛倒」，偏偏不是每個人都能理解箇中奧妙。

這個例子可以得知日本人不想把話說白，卻往往讓聽者不解其意，常常讓抓不到意思的日語學習者想要搖搖日本人的肩膀，希望他們把話講清楚啊！時常出現在日常對話中的問句「要喝什麼呢？」，回答「水でいい」還是「水がいい」一個格助詞的差別也有可能讓對方覺得你很難搞！

透過ＮＨＫ播出超過九年的語言節目，精選一百一十則連日本人都有疑問的日文小知識，除了可以看到日本人呈現在語言之中的謙遜意識，還能透過語言了解日本的文化和歷史！

——梅用知世／「就算知道了也對人生沒有幫助的日本小知識」粉絲頁版主

在向大家推薦這本書之前，我得先說，這不是一本單字書，N3以下的同學請放下。它比較適合N2、N1的學生來閱讀，甚至我覺得N2都嫌太早，因為書中牽涉很多日語知識，沒有相當程度的日文基礎，看這本書只會是鴨子聽雷。不過，我倒是挺推薦N1程度以上的人來讀讀看，有助於我們熟悉日文的口語，翻一翻，總會有一些口語是你還沒掌握的。

書裡一些篇章對於口語的解說相當仔細，連接觸日文多年的我都為之咋舌。像是第2章裡的「療癒系是什麼意思？」，第3章的「おす！是什麼意思」。這些東西我們偶爾會在電視上看見，具體上是什麼概念卻又很模糊，上網查詢也常是一個眾說紛紜。所以值得留一本在身邊備查，又或是放在家裡順手的地方，有空就翻翻。

結論是，我會推薦日語工作者、高階日語學習者翻翻這本書，看看是否有興趣。我個人是一定會留一本在身邊的。

——黃楷程／正樹日語創辦人

目錄

第 4 章 很講究時間 77

第 5 章 不覺得奇怪嗎？ 95

第 6 章 季節輪轉、語言也輪轉 124

第10章　方言何其深奧　210

第11章　這個是什麼意思？　233

文庫版的結語　253

前言

最近有不少人感嘆年輕人說話的方式很莫名其妙，但如果讀了本書，或許就沒辦法隨便批判年輕人，有些年輕人也不想一直被老人家挑剔自己的說法方式，也覺得這些老人家很煩，但如果這些年輕人讀了本書，說不定會知道這些大人囉嗦的理由。

本書源自我負責的ＮＨＫ綜合電視台《過得好嗎？日本列島》的〈語言大叔在意的詞彙〉節目。這個節目是從西元二〇〇三年開播，直到二〇〇八年已經是第六年，集數也超過七百集。據說在這個節目之前，已有所謂的語言研究熱潮。之前曾有多次「日本語熱潮」興趣，但現在的熱潮似乎不同以往，以前的熱潮在於享受「詞彙」、「日本語」本身的美好與豐富，但現在則是越來越多人無法對「語言的亂象」坐視不管。

為什麼會這樣呢？常言道，語言是生物，會與時代一起演進，而當我們遇到語言的「紊亂」或「變化」的機會大增，前述的亂象就會越演越烈。有些對語言特別敏感的人會迅速察覺這些屬於語言的「紊亂」或「變化」。電視台也收到不少與語言有關的意見與疑問。看來許多觀眾都希望語言能有一致性的規範，不過此時說的「語言」是指「口語使用的詞彙」。日語有經年累月蘊育而成的「書面語」，有很多優秀的文學作品也是以這種書面語寫成，例如《源氏物語》等，有些甚至是從千年以前流傳至今的作品，而且江戶的識字率在當時也是屬一屬二地高。

不過，籠罩在「書面語」陰影之下的「口語」卻成熟得很慢。相較於書面語的規範，口語的規範實在讓人不放心，不過在如此漫長的歲月裡，口語本身並未出現大混亂，大部分的人也都能透過口語溝通，這到底又是為什麼呢？其實這是因為日本人非常重視「互相體察心意」的文化，所以對話的時候，不會選擇把事情說得太清楚，而是更在意把話說得委婉。一如「以心傳心」這句日文俗語，日本人一直以來就是以不多的詞彙互相表達自己的心意，也認為這樣的說法方式既高雅又符合禮儀。之所以能體察彼此的心意，也是因為溝通的場合極為有限，簡單來說，就是一群擁有相同價值觀，對語言又有相同認知的人聚在一起對話的場合。

現代的社會已經越來越複雜，價值觀也越來越多元，前述的「互相體察心意」也越來越難達成，我們每個人也都是利用出生到現在學會的詞彙溝通。假設這種溝通方式沒有什麼太大的問題，雙方也能順利交換意見的話，當然就會覺得自己使用了正確無誤的詞彙，而且當我們聽到別人使用了不同的詞彙或說話方式時，就會不自覺地認為別人的用字遣詞有問題。我深深地覺得，在批判別人之前，應該先想想為什麼自己與別人使用的詞彙會不同，也要想一想語言的「紊亂」與「變化」是怎麼出現的，之後再一起打造能讓所有人彼此了解，能共鳴的「口語」。我由衷認為，現在正是群策群力，改善口語的時刻。

二〇〇八年十二月

NHK主播　梅津正樹

第1章 不可思議的計數方式

什麼？豆腐跟火槍都是用「一丁、二丁」這種單位計數？

有位讀者來信問我：「為什麼豆腐與火槍的單位都是『丁』（ちょう）呢？」雖然豆腐與火槍的單位的確都寫作「丁」，但兩者的單位原本是不一樣的。

讓我們先從豆腐的「丁」開始介紹。日文的「丁」有偶數的意思，例如骰子的偶數在日文就說成「丁」，奇數則說成「半」。一說認為，早期把兩塊豆腐數成「一丁」，而現代則不管大小，只要是單塊豆腐就數成「一丁」。

此外，在日文裡，「丁」還有「正值壯年」的意思，也因此常被當成加油打氣的字眼使用。例如「一丁やるか！」表示要不要拼看看之意，或是常在餐廳聽到的「○○、一丁」都屬於上述的意思。我們也常聽到「天氣好熱，在房間裡面就穿一丁（一件）內褲吧……」的說法。其實仔細想想，這些說法還真是不可思議，因為平常根本不會以「丁」這個單位計算內褲不是嗎？其實有一種說法認為這是為了強調身上只剩一件內褲有多麼驚人或威風，才使用「丁」這個單位計數。

反觀火槍的「丁」就不是這個意思，因為火槍的「丁」原本寫成「挺」或是「梃」。由於這兩個字不是常用漢字，因此才以「丁」代替。所謂的「挺」或「梃」是指「直挺挺的樣子或棒子」，所以才會被當成計算棒狀物的單位使用。

除了火槍之外，農耕使用的鋤頭、鐵鍬或是長槍的單位也都是「丁」。比較令人意外的是，連有長柄的三味線、利用琴弓演奏的小提琴、算盤都因為是可以拿在手上的工具，所以都以「梃」做為計數的單位。

其實就連蠟燭也不例外。雖然現在都是以「根」為蠟燭的單位，但早期可都是以「挺」為單位。話說回來，蠟燭也真的是可以拿在手上的道具，在蠟燭相當稀有的時代裡，一根貴重的蠟燭通常會說成「一挺蠟」，而這種說法也被認為源自「一張羅」這種用於計算獨一無二的和服的計數單位。

由此可知，計算豆腐數量的「丁」與計算火槍數量的「丁」是完全不一樣的意思。

動物該怎麼計算？
要說成一匹？還是一頭？

日語在計算動物的時候，會使用「匹」或「頭」這兩種單位，但大家知道這兩種單位的差別嗎？

翻開日語字典會發現「匹」是計算「獸類、鳥類、魚類、昆蟲類的量詞」，「頭」是用來計算「牛、馬、狗這類動物的量詞」。

由此可知，「頭」似乎是大型動物的量詞，有些字典也有「大型動物以『頭』為量詞」的說明，而且這兩種量詞都是歷史悠久的詞彙，早在平安時代的文獻就已開始使用。

「匹」（ヒキ、ヒツ）是從垂下來的平織布的形狀誕生的文字，形容的是成對的物品。比方說，兩反（計算布匹長度的單位）的織布會算為「一匹」。

此外，與對手實力相當的時候也會說成「匹敵」，可見人事物成對的時候，會使用「匹」這個字形容。

「匹」也很常用來計算馬的數量，不過這似乎跟「匹」本身的意義有關係。馬的屁股分成左右兩大片，所以擁有「一對屁股的動物」就會被當成「一匹」計算，這或許也是因為馬是常見的家畜，所以那對大屁股才如此深植人心吧，不過也有人認為馬是用馬繩「拉」的動物，所以才以「匹」為單位。慢慢地，「匹」這個字不僅用來計算馬，也廣泛用來計算其他的生物。

反觀「頭」這個單位則可用來計算各種生物，大家可知道「頭」甚至是計算「蝴蝶」的單位嗎？

會如此計算似乎與英語有關。牛或其他家畜在英語的單位為「head」，也就是以「頭」為單位，所以動物園的所有生物不分種類，皆以「head」為單位計算，連同在動物園培育的蝴蝶也使用相同的單位計算，而且昆蟲學者的論文也使用了「head」這個量詞，所以當日本進入明治時代之後，便將「head」這個量詞譯成「頭」，蝴蝶也以「頭」這個量詞計算。

了解動物計算方式的由來之後，就很容易記住量詞的使用方式囉。

「二六時中」、「丑時三刻」這些古老的時間用語

二〇〇七年的農曆新年是二月十八日。

直到明治初期之前，日本都是採用以月亮的盈虧為基準的舊曆，也就是所謂的「太陰曆」，之後將明治五年（1872）十二月三日改為明治六年一月一日之後，便以「太陽曆」代替「太陰曆」。從那個時候開始，時間的單位也有所改變，一天被切割成二十四個小時，這就是日語「四六時中」的由來。這個詞在現代的意思是「一整天」，但背後的意義就是四×六＝二十四小時。

話說回來，在舊曆的說法是「二六時中」，二×六＝十二，由此可知一天共有十二刻。日出至日落的這段時間在江戶時代被視為「晝」，日落至日出這段時間則被視為「夜」，晝與夜分別切割為六刻。

在舊曆的曆法之中，前述的十二刻與十二地支對應，若換算成現代的時間單位，每一刻都是兩小時，子為二十三點～凌晨一點，丑為凌晨一點～三點，寅為凌晨三點～五點，以此類推，而一刻又分成四段，所以草木皆眠之丑時三刻的「丑時三刻」相當於現代的凌晨二點～二點半。

此外，午時為十一點～十三點，正中央是十二點，所以中午十二點才會說成「正午」，而正午之前的時段在日文說成「午前」，之後的時段則說成「午後」喲。

除了上述這些時間單位，江戶時代還會以擊鼓鳴鐘的方式告知時間，百姓可透過擊鼓或鳴鐘的次數知道現在的時間。一開始會敲九下（二十三點～一點），之後會敲八下（凌晨一點～三點），接著是七下（凌晨三點～五點），次數會逐次遞減，減至四下（九點～十一點）之後，就會跳回九下，再繼續遞減，每天周而復始。

若問為什麼是從「九下」開始呢？一說認為古代中國或易學（與《易經》有關的學問）都將「九」視為吉祥的數字。

接著要介紹的是「點心」（おやつ）這個單字。據說江戶時代的人一天只吃兩餐，而「晝」的第八個時間（やつ時）（註），也就是現代的十三點至十五點，剛好是肚子會覺得有點餓的時候，所以才會加上美化的「お」，說成「おやつ」。

看來現代也保留了許多與古時候的時間有關的詞彙呢。

註：「やつ時」是指江戶時代在白晝鳴鐘敲八下時。

無花果（いちじく）、胡蘿蔔（にんじん）……大家還記得這首數數歌嗎？

一個、兩個、三個……應該有不少讀者在小時候，都有邊丟沙包球，彈彈珠、踢毽子邊數數，邊唱這種數數歌的經驗吧？而且不只是數數，還會配合一些口訣邊數邊唱。

其實數數歌有很多版本。比方說，下面這首歌就是其中一種。

「一開始是一之宮，二是日光東照宮，三是佐倉宗吾，四是信濃善光寺，五是出雲大社，六是村村鎮守，七是成田不動尊，八是八幡八幡宮，九是高野弘法，十是東京二重橋」，一到十的地名首字都與數字有關，例如一之宮的一是「いち」（一），日光東照宮的「日光」是「にっこう」，也就是「二」的發音，後續則以此類推。

這首是明治時代到昭和年間最廣為流傳的數數歌，數字都搭配了各地的名勝喲。有些地區會將「東照宮」換成「中禪寺」，或是將「八幡八幡宮」換成「大和的法隆寺」，總之有很多不同的版本。

其他還有利用食物當口訣的數數歌。

「無花果（いちじく）、胡蘿蔔（にんじん）、山椒（さんしょに）、香菇（しいたけ）、牛蒡（ごぼうに）、無患子（むくろじゅ）、七草（ななくさ）、紅汁乳菇（はつたけ）、小黃瓜（きゅうり）、冬瓜（とうがん）」這首數數歌的「山椒」有時會換成「秋刀魚」（さんま），「無患子」會換成「零余子」（むかご）「七草」會換成「茄子」（なす），各地常有自己的版本。

據說從江戶時期到明治時代，這些數數歌常被當成幼兒遊戲玩。

隨著幼兒遊戲不斷推陳出新，數數歌也越來越少有機會被當成遊戲玩，但進入昭和年代之後，還是出現了「一根胡蘿蔔」（いっぽんでもニンジン，昭和五十年）這首新的數數歌。

仔細一看，會發現歌詞真的很有趣喲。

二之腕的意思是第二隻手臂？

從「肩膀到手腕」的部分稱為「手臂」（日文為「腕」），而「肩膀到手肘」這段上臂在日文稱為「二之腕」（二の腕）。

為什麼這個部位要稱為「二之腕」呢？難不成還有「一之腕」或「三之腕」嗎？如果翻閱字典，會發現「二之腕」有兩種解釋，一種是①「從肩膀到手肘的部分」，另一種則是②「手肘至手腕的部分」。

目前較多人使用的是①的意思，但有些字典則認為①的「從肩膀到手肘」這個部位被稱為「二之腕」是一場誤會，二之腕原本應該是指②的「從手肘到手腕」才對。

此外，現在被稱為「二之腕」的部位在過去也被稱為「一之腕」。在過去，「肩膀到手肘的部分」，也就是現在被稱為「二之腕」的部分稱為「一之腕」，而「二之腕」則是指「手肘到手腕」的部分，連說明室町時代詞彙的《日葡辭書》也是如此記載了「一之腕」與「二之腕」這兩個詞彙。

那麼「二之腕」是於何時演變成現在的意思呢？

其實時代比《日葡辭書》略早的《太平記》早已將「肩膀到手肘的部分」稱為「二之腕」，換言之，當時的「二之腕」與現代指稱的部位一樣，看來從那時開始就已經慢慢出現誤用的現象。

話說回來，現代的「二之腕」在古時候稱為「肱」（かいな・かひな），而「手肘到手腕的部分」稱為「腕」，一說認為「肱」是繼「腕」之後的「下一段手臂」，所以才稱為「二之腕」。

相撲界也有「肱扭」（かいなひねり）與「肱返」（かいなを返す）這類靠「二之腕」使出的招式。

順帶一提，覺得疲倦或是精神渙散的時候，是不是都會說成「腕弛」（かったるい）？一般認為這是關東地區的方言才有的說法，但「腕弛」這個詞原本讀成「かひなだゆし」，所以原本的意思是指「腕」（かひな）很疲勞的狀態，後來讀音才慢慢地從「かいだるし」演變成「かったるい」。

不可思議的數字「三」

「事不過三」（仏の顔も三度〔まで〕）這句成語為什麼是用「三」這個數字呢？

這句話的意思是「再怎麼溫和的人，被屢次挑釁也是會生氣」，所以「三」這個數字等於是「屢次」的意思。

「再三」這個詞也有「屢次」之意，而且也使用了「三」這個數字。其他如「在石頭上也要坐滿三年」（石の上にも三年）這句知名的諺語也使用了「三」這個數字。原意是即使是冰冷的石頭，坐在上面三年，也能將石頭坐熱，後來則引申為「有志者事竟成」的意思。

所以這句諺語裡的「三年」表示「時間很久」的意思。其實就連字典也有「三年」等於「漫長的歲月」這種解釋，看來「三」這個數字具有「屢次」、「漫長的歲月」這些意思。

不過，「三」也有「極短的時間」或「少數」的意思。比方說，意指「擁有權力的時間很短」的「三日天下」就是其中之一。這句成語源自明智光秀在天正十年

（1582）六月二日靠著「本能寺之變」竊取天下之後，在短短的十一天後，也就是六月十三日就被羽柴（豐臣）秀吉討伐。其實明智光秀手握天下大權的時間超過十天，但為了強調時間短暫，才使用了「三日」這個詞。

「三寸之舌」（舌頭雖短，卻能巧妙的操弄言語）的「三寸」雖然有九公分這麼長，但其實是「長度很短」的意思。此外「二束三文」（非常便宜）、「早起三分利」（早起きは三文の得〔徳〕，早起的鳥兒有蟲吃）的「三分利」也使用了「三」這個數字，也都有「便宜」、「一點點」的意思。

除了用在成語、諺語中，「三」這個數字也很常出現在其他地方，例如「三拍子俱全」（三個條件全部符合）、「日本三景」、「三大○○」……都有「三」這個數字。

一般認為「三」之所以會有上述的意思，是因為「三」是協調、穩定的數字，一如「三個臭皮匠，勝過一個諸葛亮」（三個平庸的人，也能討論出妙計的意思），三個人也被視為是最恰當的人數。從以前到現在，「三」都有種讓人莫名覺得穩定或心領神會的感覺，所以不管數量是多還是少，都會使用「三」這個數字形容。

請注意！

「之前」（まで）的使用方法

「為了與某間公司的部長聯絡事情，而打電話過去對方的公司，結果對方回答『部長在二十號之前不會來公司』（部長は二十日まで会社に出てきません），這時候到底這位部長『何時』會來公司呢？」

ＮＨＫ放送文化研究所針對這個題目在網路進行問卷調查之後，發現回答分成兩派，一派是「二十一號會來公司」，比例達百分之六十三，另一派是「二十號會來公司」，比例則有百分之三十七。

以這句來說，不管是解釋成二十號還是二十一號都算是正確，不過聽話方與發話方可能各有不同的解讀。

這份問卷也能看出年齡層的差異。六十五歲以上的人有百分之七十九認為「二十一號會來公司」，有百分之二十一的人認為是「二十號會來公司」，大約有接近八成的人認為部長到二十號之前都是休假，要到二十一號才會來公司上班，反觀二十幾歲的受測者有百分之五十八的人認為是「二十一號來公司」，有百分之四十二的人認為是「二十號來公司」，對於哪一天會來上班各有解讀。

所以為了避免誤會，這句話應該要說成「放假放到二十日為止，二十一號會來公司」才對。

「～之前不會」（まで～ない）的「之前」（まで）可同時解讀成包含與不包含該日期或地點，所以使用的時候，真的讓人覺得很困擾。

以「到星期六之前應該都不會下雨」這句為例，大家覺得星期六會下雨？還是不會下雨呢？

其實不管是哪邊的答案都算正確，所以這句話也應該說成「到星期六之前放晴，從星期天開始下雨」，才不會產生不必要的誤會。

那麼為什麼會忍不住使用這種「～之前不會」（まで～ない）的說法呢？

比方說，當我們在電車裡面聽到「到上野站之前不會停靠」，大部分的人都會解讀成「電車會在上野站停靠」對吧。但根據國立國語研究所井上優主任研究官的說法，「到上野站之前不會停靠」的說法比「下個停靠站是上野站」更能強調會在哪個車站停靠。

不過，想要進一步釐清日期與場所時，還是要盡量使用簡單明瞭的說法喲。

一樓、二樓、三樓，數數的方法

「一階、二階、三階、四階、五階、……十階」。請大家依序讀出每階（樓）的發音。一階（いっかい）、二階（にかい）與「漢語」的發音幾乎一樣，只有四階與七階會以「和語」的方式念成「よんかい」、「ななかい」對吧。

「四階」在古時候是念成「しかい」，但現代已經不會這樣念了，據說這是因為「し」聽起來跟漢語的「死」很接近，「しち」又很容易聽成「いち」，所以四階與七階才會念成「よ（ん）」與「なな」。

話說回來，「三階」到底是念成「さんかい」還是要念成有濁音的「さんがい」呢？其實「さんがい」才是正確的讀音，因為在日語裡，「ん」的後面通常會是濁音。除了數字之外，「神社」（じんじゃ）、「万歳」（ばんざい）這類常用名詞也有相同的傾向，就連「天下」原本也是念成有濁音的「てんが」。雖然「ん」的後面不一定都是濁音，但因為有這類傾向，所以有濁音的「さんがい」才是「三階」原本的讀音。

不過，「よんかい」的「ん」後面是沒有濁音的「かい」喲，據說這是因為只有「し」被換成了「よん」，而後面的「かい」還是保有原本讀音的緣故。

近年來，將「三階」讀成「さんかい」的人似乎越來越多。根據日本文化廳的調查，這樣的人在一九九七年的時候有百分之二十六，到了二〇〇三年之後，就增加至百分之三十六。

話說回來，百分之十的「十」該怎麼讀？唸ジッ還是ジュッ呢？

其實兩種讀音都不能算錯。從歷史來看，「十」的發音原本是「ジフ」，後來才演變成「ジッ」與「ジュウ」，所以現代的「十」可寫成「ジッ」與「ジュウ」。由此可知，「ジッ」是比較傳統的讀音。假設在國語的讀寫考試將「十手」與「十戒」寫成「ジュッテ」與「ジュッカイ」，有可能會被視為錯誤的答案，但是「ジュウ」在很久以前已經被念成「ジュッ」，所以「十」讀成「ジッ」、「ジュウ」與「ジュッ」也沒問題。

基本上，廣播節目會以傳統讀音的「ジッ」為主，但是也接受「ジュッ」這個讀音。要是所有的數數方法都有規則就好了，只可惜就是沒有，所以數數的方法才會這麼混亂與困難，這時候或許可以大家怎麼唸，就跟著怎麼唸，但讀音是否能成為所謂的習慣，全看是否能於該時代普及。

雖然讀音會隨著時代改變，但傳統的讀音還在，所以無法斷言哪邊才是正確的讀音。看來，日語還真是難啊。

第2章 時下用語的意思

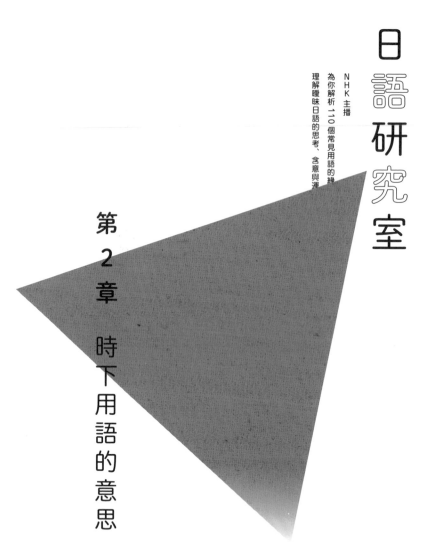

我很在意「彼氏」

大家都怎麼念「彼氏」（カレシ，指男朋友）這個單字的重音呢？應該也有聽過平板型重音的「カレシ」對吧？照理說，「カレシ」的重音應該是頭高型，也就是「カ」的部分是高音才對。

那麼為什麼會變成平板型的重音呢？理由之一是日語比外語有更多平板型的重音。此外，詞彙常在頻繁使用的過程中變成平板型重音，比方電腦用語的「データ」（資料）、「ファイル」（檔案）這些常在專業領域出現的單字，而這個現象也慢慢地於一般領域中出現。

此外，年輕人似乎都以重音的位置判讀詞彙的意思。比方說，頭高型重音的「クラブ」是指學校的社團活動或是大叔們去的高級酒吧，但平板型的「クラブ」卻是年輕人常去的舞廳。年輕人雖然去不起高級的「クラブ」，但若是後者的「クラブ」，就是平易近人、貼近他們生活的地方，所以年輕人或許是透過重音的位置判讀詞彙的意義。

有些人認為「彼氏」這個單字也有相同的現象。頭高型重音的「カレシ」原本

是「他（那個人）」或「真命天子、老公」，平板型重音的「カレシ」則是指只是玩玩的男性或不能公開的戀人……，不過就實際的使用情況來看，似乎沒分得這麼清楚。

由於現在還有很多人覺得平板型重音的「カレシ」很刺耳，所以使用的時候還是要注意一點。

「サポーター」這個單字就分得比較清楚，比方說，將「ポ」拉高的重音是纏在腳上的「護膝」，而平板型重音的「サポーター」則是足球的啦啦隊。其他還有棒球的「バッテリー」以及蓄電池的「バッテリー」。

這些詞彙本來就有很多種意思，所以才會利用重音區分。由此可知，許多詞彙就是像這樣透過重音確定意思，之後才又慢慢成為共識。

イケメン（型男）是哪國語言？

若用年輕人的話來說，會把又酷又帥的男性稱「イケメン」對吧？睽違十年修訂的《廣辭苑》第六版也納入這個單字，寫成「いけ面」之外，還另有（這個俗語有可能是由「いけている」的縮寫「いけ」加上代表五官的「面」組成，但通常以片假名寫之）的註釋。這個單字的說明則是「年輕男性的五官十分俊俏，或是擁有這般五官的男性」。

此外，市面上有些書則提出這個單字的「面」與英語的「men」（男人）有關。

其實「いけて（い）る」這個說法是於一九九〇年代中期開始流行，而「いけてる」原型是「いく（行く）」，有「前進、抵達目的地」的意思，「いく」的可能型「いける」則有「達到相當水準」的意思。

舉例來說，「英語與德語都很行」（英語もドイツ語もいける）這句話的意思是兩種語言都很拿手，而「いける口」則有千杯不醉的意思。此外，「這料理很行得通」（料理がいける）則是「這道菜很不錯」的意思，就連字典裡的意思也是

「很美、很好吃、很美妙」，可見「いける」是個擁有多種意思的單字。

若是在這個「いける」加上表示動作持續進行與某種狀態的「～ている」，就是前面提到的「いけて（い）る」，這個單字也已經被用來形容各種美妙、優異的事物。雖然用來讚美的詞彙有很多，但這個「いけている」除了有很酷的意思，還概括了很精彩、很有趣以及其他用來讚美的意思，所以年輕人或許覺得這個字很方便。

先前「いかす」這個單字曾流行了一段時間，一說認為「いける」也是從這個「いかす」演變而來。一九五八年，法蘭克永井的《西銀座站前》也有「いかすじゃないか」（很行嘛）這句歌詞，看來當時連流行歌曲都很常出現這個單字。此外，「イカ天（いかすバンド天国：潮團天國）」也被選為一九八九年的流行金句，但現在已很少聽到這個字眼。

那麼，「いけ面」還會繼續流行下去嗎？

「さくさく・さくっと」是什麼意思？

不知道大家是否聽過「仕事をさくさく片付ける」（俐落地完成工作）或「さくっと食事にいく」（手腳俐落地去吃飯）這類說法呢？這種說法除了年輕人愛用，在某些職場或是自己的小團體似乎也有這種說法。

「さくっと」是「さくさく」的簡短版，而「さくさく」在字典裡的解釋則為「輕快、悅耳的連續音，例如牙齒咬東西的聲音、切蔬菜的聲響、踏在雪地或砂地的腳步聲、鐵鍬或鋤頭耕地的聲音」。最常見的使用方法應該是用來形容吃東西的聲音，像是我們會說：「這碗剉冰口感很清脆」或「口感酥酥脆脆的」。

不過，開頭那句「仕事をさくさく片付ける」的「さくさく」似乎不是用來形容聲音。那麼到底是什麼意思呢？

在詢問澀谷的行人之後，得到「俐落、早一點、迅速、簡潔地」這類答案。似乎也有人會把「迅速吃完飯」說成「さく飯」，意思是「俐落地、迅速地吃完飯」，與稍微解餓的「輕食」完全不同。

聽說「さくさく」在十五年前也被當成打麻將的術語使用，比方說輪到別人做莊時，希望對方隨便胡胡，台數不要太多時，似乎會說成成「さくっと上がる」，這種說法聽起來挺有俐落、迅速的感覺。

此外，這類字眼也很常在電腦的世界使用，例如順利連上網站會說成「さくさくつながる」。換言之，「さくさく」不只是用來形容聲音的詞彙，也可以用來形容某種「狀態」，往往能貼切地形容電腦的速度或是刀子的鋒利度。「さくさく（さくっと）つながる」成為常見的網路用語後，這種說法也跟著普及。

或許有人覺得這是最近才出現的說法，但調查之後會發現，這種說法早在鎌倉時代的故事集《宇治拾遺物語》就已經出現。這本書的「利仁芋粥之事」就有「往潔白的新桶倒水後，水嘩啦嘩啦地流入此釜」（白く新しき桶に水を入れて、此釜どもにさくさくと入る）根據字典的說法，這裡的「さくさく」有「水未堵塞、輕快地流動」的意思。不管是過去還是現在，「さくさく、さくっと」的語感或意思似乎都沒變，所以才會變成這麼「萬用」的詞彙吧。

「はまる」是沉迷的意思？

最近有人告訴我，他覺得年輕人把「はまる」這個詞彙當成「沉迷於、熱中於」的意思使用很奇怪，所以當他聽到「沉迷於遊戲」（ゲームにはまる）或「沉迷於追劇」（ドラマにはまる）這類說法時，都覺得很刺耳。

一般認為，「はまる」是在一九八〇年代後半成為流行用語。原本這個字的意思是「絲毫不差地嵌入、恰到好處的嵌合」或是「條件非常合適」，之後又衍生出「全心投入、熱中於某事」的意思，而這種用法也已經存在好一段時間了。

江戶時代中期荻生徂徠所著的《政談》有「カタジケナキ物ナル故、是ヨリシテ役儀ニハマる心出来ル者也」（因在下不才，自此能專注此職務），其中的「役儀」有「職務、職責」之意，所以這裡的「はまる」有「專注擔任此職務」的意思。

既然如此，為什麼有些人聽到年輕人將「はまる」當成沉迷於某事的意思使用會覺得怪怪的呢？

「はまる」這個單字有段時間被當成「走上歧途」（悪の道にはまる）、「沉迷賭博」（賭博にはまる）這類深陷泥沼而不可自拔的意思使用，因此在那些覺得「はまる」有負面意義的人眼中，把「はまる」用來形容熱中於某事，也就是把「はまる」當成具有正面意義的詞彙使用是件很奇怪的事。

此外，比起長時間專注於某事，年輕人口中的「はまる」更有「現在的話，特別喜歡這個……」這種一時間短暫沉迷於某事的語氣，但或許有些人會很排斥這種說法。

無獨有偶，在年輕人的用語之中，還有「へこむ」這個字。他們將這個「へこむ」當成「沮喪、遭遇挫折」的意思使用，可能有不少人聽到「被上司罵，覺得很沮喪」（上司に怒られてへこんだ）的說法也會覺得不甚正確，不過這種用法早從江戶時代就已經出現，在當時的意思是「不知該如何反駁、被辯倒、屈服、沮喪」，之後有段時間不這麼用，到了最近才又敗部復活，以原本的意思使用。

也有人把遭遇挫折的「くじける」當成「沮喪」的意思使用，但年輕人口中的「へこむ」更有「某段時間，稍微陷入低潮」的語氣。

原來不管是「はまる」，還是「へこむ」，從很早以前就是熱中於某事以及沮喪的意思了呢。

我啊，是〇〇的人

「『我啊，是很喜歡電影的人』（私って映画が好きな人なんです）這種說法聽起來很刺耳」，有讀者曾經這樣告訴我。

一般而言，日文的「人」是指稱「別人」的詞彙，但到了一九九〇年代之後，以「〇〇的人」（～な人）形容自己的說法似乎越來越常見。

日本文化廳曾於二〇〇〇年進行了「國語普查」，其中調查了是否會將「我啊，很愛吃甜食喲」（私って甘いものが好きなんですよ）說成「我啊，是個很愛吃甜食的人喲」（私って甘いものが好きな人なんですよ）。

回答「會這樣說」的人佔整體的百分之六點二，而就年齡層來看，十幾歲的女性佔百分之十八點八，是比例最高的族群。一九九七年的《流行用語辭典》也將「人」這個詞彙解釋成「用於評估自己、說明自身事蹟與特色的詞彙」。由此可知，會這樣使用的以年輕人居多。

那麼為什麼會說成「〇〇的人」呢？有些人認為這種說法帶有「客觀」的感覺，聽起來很從容、很時髦，所以年輕人比較容易接受；有些人則覺得這種說法帶有「不直接表明主張，想要保持距離」的語氣，總之是意見紛陳。

其實日文還有其他具有類似意思的說法，例如「我是愛吃甜點的那派」（～なほう）、「我是愛吃甜點的類型」（～なタイプ）、「我是愛吃甜點的那種人」（～な人間）。根據NHK放送文化研究所指出，這類說法都有「釐清所屬」的效果，比起直接了當地說「我很愛吃甜食」，用「我是愛吃甜點的那派」更有「我是螞蟻人」的意思，語氣也比較委婉含蓄。

「○○的人」這種說法看來也有相同的效果。不過，「人」這個字原本是指稱他人的詞彙，所以才會有這麼多人覺得這種說法不太對勁。

話說回來，日文還有「～な人間」（我是○○人）這種說法，而「人間」這個字在日文本來就泛指「人類」，所以用來形容自己也很正常，另外還有「者」這個指稱自己的詞，只是這是指立場比「人」還低的人，所以可用在自己身上。

看來「人」與「人間」的意思雖然相同，但用法卻同中有異啊。

生放送（現場直播）的「生」還有必要嗎？

我們都會說：「為您送上現場直播」（生放送で送りします），但有讀者詢問：「難道不能只說放『放送』嗎？」

所謂的放送分成「錄影播放」（録画放送）與「現場直播」（生放送）兩種。「錄影播放」是指先在攝影棚或外景錄好節目再播放，而「現場直播」則是當下直接播放。

自電視節目開始之後的五十年左右，前幾年都是現場直播，而且連電視連續劇也是現場直播，直到後來技術進步才進入以錄影播放為主的時代，所以現在才反過來強調現場直播，也因為越來越有必要與錄影播放有所區隔，才會特別強調是現場直播。

此外，轉播（中継）也有即時轉播和其他類型，若想強調即時性，還會加上「實況」兩字，寫成「實況轉播」（生中継）。

話說回來，日文詞彙的「生」還有很多意思，比方說「生あたたかい」（不溫不火）、「生返事」（敷衍的回答）就代表①「馬馬虎虎、不上不下的狀態」，至於

「生ビール」（生啤酒）、「生しぼり」（生搾啤酒）則有②「未經加工的自然狀態」，尤其②的「生」更有強調新鮮的意思。

之後才衍生出「居然遇見了野生的勇様（生ヨン様〔生身のヨン様〕に会った！）」（直接見到裴勇俊）或是「現場聽到歌手演唱」（生歌〔歌手の歌をコンサートで直接聴くこと〕）這類說法。「生歌」這個單字也用來形容利用手機下載的歌曲對吧。早期都是電子合成的聲音，但最近也能下載CD的歌曲，所以才會衍生出這種說法，至於能下載到手機聆聽的藝人聲音也稱為「生聲」（生声）。

之所以會那麼常冠上「生」這個字，主要為了表達直接見到平常難得一見的人有多麼感動，或是想要強調某些事物特別珍貴的感覺。

如此看來，最近「生」這個字的意思正慢慢地改變，這個字也慢慢進化成強調用的詞彙。

「療癒系」是什麼意思？

最近很常聽到「療癒系」（いやし系）這個詞。

「～系」這種說法的意思原本是「具有某種關係或相關性」，可說是與「系統」同義。

比方說「家系」、「直系」就有同宗同系的意思，而「理科系」、「文科系」則代表隸屬同一種類的夥伴。此外，醫學的「神經系」或天文學的「銀河系」則有學術體系或組織的意思。

一般認為，原本只接在漢語後面的「系」是從一九九〇年代之後才開始頻繁地接在平假名或片假名的詞彙後面，而此時的「系」有「同一族群」的意思，不完全等於「相關性」這個原本的意義。

比方說，聽到「療癒系」的時候，會有「很療癒的感覺，或是讓人覺得很療癒的人」這種很模稜兩可的感覺對吧？於二〇〇八年發行的字典也以「療癒系」為例，將「～系」解釋成「籠統地指稱某種特色」的意思。過去「體育會系」（体育会）是指在大學參加體育社團的人，但現在就算只是外表或氣質很像是參加過體育社團的人，就能用「體育會系」形容。其他像是「なごみ系」（讓氣氛變得緩和沉靜的人）、「裏方系」（專門負責後勤補給，默默完成工作的人）、「サーファー系」（喜歡衝浪那類海上活動的人），都有「那類人，屬於那種氣質」的意思，用法也越來越多元。

最近的「～系」已不再是直接了當指稱某種系統，而是一種模糊的分類，所以才會如此濫用。而且「～系」的使用方法居然還繼續進化！例如「何してる系」（在做什麼系）、「どっか行く系」（要不要去哪裡系）、「カラオケしちゃう系」（乾脆去唱卡拉ＯＫ系）都已經完全脫離原本的意思了。

問年輕人「カラオケしちゃう系」是什麼意思，他們說是「乾脆去唱卡拉ＯＫ」的語氣，而且也告訴我比起直接問「要不要去唱卡拉ＯＫ？」（カラオケ行かない？），這種說法更嗨，更能炒熱當場的氣氛。

看來年輕人口中的「～系」比較沒那麼直接、武斷，語氣相對曖昧，所以也很合重視同儕心情與當下氣氛的年輕人胃口。

「こうばしい」是什麼味道？

聽到「こうばしい」大家會想起什麼味道？

在東京都問過一輪之後，大部分的回答都是「咖啡的香氣」、「牛排上的蒜頭香氣」、「打開洋芋片包裝時的香氣」這類喚醒食慾的形容。

這些回答的共通之處是食物都經過烤、煎、炸這些步驟煮熟之後的香氣。就連字典也解釋成「讓人覺得舒服的焦香氣味」。

其實「こうばしい」這個詞彙早在奈良時代（710-784，以奈良為首都的時代）就出現了，而且是源自「かぐわしい」這個意為「香氣迷人」的詞，而「かぐわしい」這個詞彙則可拆成兩個部分，一個是代表香氣的「か」，另一個則是代表「纖細、美麗」的「くはし」（日文古文的「は」讀成「わ」）。

在鎌倉時代至江戶時代這段期間，「こうばしい」這個詞彙不僅能用來形容氣味，還有「精彩、卓越」、「心生嚮往、傾心」這類意思。江戶中期的浮世草子《警世傳受紙子》也有「かかる臆病至極の者とはしらで、今迄心中を芳ばしう思ひ」一節，其中的「芳ばしう思ひ」就是「感覺很好」的意思。

意思同為「卓越、嚮往」的詞彙還有「かんばしい」。其實「かんばしい」這個詞彙也是源自「かぐわしい」，所以也有「香氣迷人」的意思，不過進入明治時代之後，「香氣迷人」通常會說成「こうばしい」，而「卓越、嚮往」的事情則以「かんばしい」形容。

話說回來，最近「こうばしい」這個詞彙似乎不一定專指氣味。

我在街頭採訪時，有些年輕人回答「因為運動而全身是汗，但還沒洗澡的時候」也可利用「こうばしい」這個字形容身上的味道。看來這是故意將「汗臭味」的臭（くさい）換成「こうばしい」，避免直接說別人很臭的說法。

日文在形容某種氣味時，通常會說成「○○的氣味」（○○のにおい），但是直接形容氣味的單字卻少之又少，所以「こうばしい」可說是少數直接形容氣味的單字喲。

「就某種意思來說」是什麼意思？

你身邊有沒有在聊天的時候常把「就某種意思來說」（ある意味……）掛在嘴邊的人呢？有些人聽到這句話會覺得很刺耳，但這又是為什麼？「某種」（ある）在字典裡的解釋是「指稱尚未明白決定的事物，常於不想明言的時候使用」，也列出了「就某種意思而言，你說的是對的」、「就某種意思而言，這算是成功」這類例句，而這兩句例句的意思是「也不能說錯」與「也不能算是不成功」。

不過，我最近聽到一些不一樣的使用方法。比方說，「就某種意思而言，澀谷是年輕人的天國」。這種算是一般論的說法，所以不需要特別加上「就某種意思而言」，硬要加的話，可以加上一些「對啦」（まあ）、「那個」（その）、「也就是說」（いわゆる）這類連接詞，或許就是因為這種用法偏離了開頭提及的「就某種意思來說」，才有人覺得聽起來很不舒服吧。

同理可證，「反之」（逆に）有時也讓人覺得很刺耳。比方說，你問：「明天要不要去喝酒？」結果對方回答：「反之，今天如何？」或是你問：「那件事要跟部長說嗎？」對方回答：「反之，跟課長說比較好吧？」是不是偶爾會聽到這類對話呢？

「反之」原本該在認同對立原因的情況使用，換句話說，後續的那句話必須要有「反對」的因素，但剛剛的「反之」卻被當成「與其～不如～」（それより）或是「那麼～」（例えば）的意思使用。聽到「反之」的時候，感覺對方好像準備反駁，會有種心臟被刺了一下的驚訝感，所以這種「反之」也算是讓人覺得刺耳的說法之一。

其實類似的詞彙還不少，比方說「老實說……」（正直（いって））就是其中一種。這應該也很常聽到吧。「老實說……」在字典裡的解釋是副詞的一種，有「實際上……」的意思，常用在「老實說，我沒什麼自信」這種吐露真心話的情況，但最近常聽到有人把「老實說」用在不是真心話的句子上，例如「老實說，這個夏天我一直喝冰飲」就是其中一種。上述這些詞都變成偏離原意的前綴詞。

所以「老實說，這些詞彙就某種意思來說，沒有也沒關係，反之才這麼刺耳」。雖然我們很常聽到這類用法，但其實沒有加上這類詞彙也能溝通。類似的詞彙還有「其實……」（実は）、「這些話只能在這裡說」（ここだけの話）、「說得極端一點」（極端な話）、「基本上」（基本的には）、「說真的」（本当言うと），這些詞彙很容易成為口頭禪，讓人沒辦法忍住不說，否則就說不下去。希望大家注意自己有沒有這類口頭禪，否則一旦變成口頭禪，這些詞彙就很容易脫口而出囉。

「很煩」（うざい）已經是耳熟能詳的說法？

一般認為，「很煩」（うざい）這個字是在一九八〇年代後半出現，到了一九九〇年代中期之後，開始在年輕人之間流行，俗語字典也將這個詞彙歸納為年輕人的用語。

二〇〇四年日本文化廳的「國語普查」曾詢問受測者「你覺得很麻煩、很不爽、不悅的時候，會說「很煩」（うざい）嗎？結果有百分之十七的人回答會，其中十幾歲會這樣說的有百分之七十，二十幾歲的有百分之五十五，三十幾歲的有百分之三十，四十幾歲的也有約百分之二十，可見這種說法已於各年齡層普及。

由此可知，這個字眼已非一時的流行，而是成為根深蒂固的說法，就連十年大幅修訂一次的《廣辭苑》也追加收錄了這個詞彙，同時附上其為「うざったい」的省略說法，有「心情煩悶（わずらわしい）、很鬱悶（うっとうしい）、很不爽（気持が悪い）」這類解釋，看來「うざい」這個字眼綜合了以上的意思。

其實早在江戶時代，「うざい」的原型「うざったい（うざっこい）」就已經出現，字典也將「うざったい（うざっこい・うざっかしい）」解釋成「整群細瑣雜

亂的東西群集在一起」，看來這個詞彙是在形容小蟲子聚成一群，不斷騷動或蠕動的模樣。

此外，在神奈川縣的局部地區還把「うざっこい」當成方言使用，意思似乎是「感覺很噁心，看到蛾、毛毛蟲、蛇等的噁心感」。

再者，在東京的八王子一帶，不管男女老幼，之前有段時間也把「うざったい」當成方言使用，意思是「很猥瑣、很噁心」，也曾經用來形容褲腳被雨淋溼，覺得很不舒服的感覺。一般認為，現在的「うざい」原本是八王子一帶的方言，在東京都內的年輕人之間流行之後，才慢慢普及至全國，而在這過程中，「うざったい」又被省略成「うざい」的說法。

「うざい」的使用方法也產生了變化。這個詞彙原本是用來具體形容不舒服的經驗，但年輕人卻用來形容還沒實際體驗，就覺得很麻煩、讓人很鬱卒的情況，或許對年輕人來說，這種抽象的使用方法比較簡單，但就算這個字眼已經普及，卻仍是負面的詞彙，建議大家還是不要隨便使用。

「跑不順」（不具合）是哪裡不順？

最近常聽到「電腦跑不順……」（コンピューターに不具合が生じ……）這種說法。二〇〇一年，ＮＨＫ放送文化研究所曾調查「能否說明這句話？」結果得到下列的回答。

①能對別人說明意思的人：百分之二十一
②無法對他人說明意思，但自己理解其意的人：百分之四十三
③聽過看過，但不知道意思的人：百分之二十二
④沒聽過也沒看過的人：百分之十
⑤不懂是什麼意思的人：百分之四

其中②的「無法對他人說明意思，但自己理解其意的人」佔比最高。這的確是很難一下子解釋清楚的詞彙。「跑不順」（不具合）在字典裡的解釋為「出了一些毛病，狀態、情況不正常」的意思，在某些地方也用來形容「生病」。其實江戶時代的字典《詞葉新雅》也有「フグアイナ」（不具合）的解釋，因此這種說法算是由來已久，但有鑑於現代某些字典沒有記載，所以還不算是十分普及的說法吧。

ＮＨＫ放送文化研究所的調查指出，「不具合」這種說法最早是在昭和二十年代中期的航空業第一線出現，後來慢慢地用來形容汽車或電車的狀況，接著又用來形容電腦、手續、某些處理的狀況。調查「不具合」在一九八五～二〇〇一年間三大報出現頻率的報告指出，這種說法的出現頻率是從一九九四年開始增加，接著又在一九九八、一九九九年大幅增加。

一九九四年是「製造物責任法（ＰＬ法）」通過的一年，也是有瑕疵的商品造成意外，該商品的製造商或企業將被追究責任的時期，至於一九九八、一九九九年則是全世界都在擔心電腦程式是否會因為無法正確辨識日期而出現問題的時候，在當年，這個千禧蟲危機（Ｙ２Ｋ）可說是鬧得沸沸揚揚。此外，隔年又發生了汽車製造商召回隱瞞事件與問題住宅這類社會問題，於是越來越多人要求企業負起社會責任，而「不具合」這種說法也因符合時代背景而越來越普及。

「不具合」在《廣辭苑》的解釋為「通常是製造廠商為了規避『瑕疵』一詞而使用」。「瑕疵」讓人有種產品從一開始就有問題、出現故障的感覺，但如果說成「跑不順」，就能包裝成「狀況不太好或找不出具體原因」的意思，所以「製造廠商才會避用『瑕疵』」這個詞彙。

有時候連消費者也會使用這種說法，但製造端有時候會遇到不能算是「瑕疵」的情況，所以說成「跑不順」或許比較適當。

日語研究室

NHK 主播

為你解析 110 個常見用語的緣由，
理解曖昧日語的思考、含意與

第 3 章 打招呼很難！

小小心意，不成敬意……

每逢六月中旬，各家百貨公司便紛紛展開中元節商戰。

話說回來，中元節禮品該在何時送出最為理想呢？若在關東一帶，通常是六月中旬到七月送出，但在關西或東北一帶，通常會晚一個月，在八月中旬的時候送出，贈送的時期會有些許出入。

接著讓我們進入正題吧。在贈送中元節禮品的時候，通常會客套地說：「小小心意，不成敬意」（つまらないものですが……）

大家聽到這句話會有什麼想法？一九九九年日本文化廳針對「有多少人會這麼說」進行調查之後，發現有百分之六十八的人回答「會這麼說」，有些人覺得這種說法很謙虛、身段放得很低，但有些人卻覺得這句話聽起來很虛偽，尤其年輕族群更是覺得這句話有點刺耳。

想必他們是覺得「つまらない」這部分有點負面，所以才覺得刺耳吧。

這句話的觀感似乎會隨著雙方的關係或現場的狀況而有所不同。視謙虛為傳統美德或許是日本人的特徵之一。新渡戶稻造曾寫了一本向外國人介紹這些思想或風

ざいません』自謙的話，沒有問題」。

這意思是，當有人跟你說：「你好美麗啊」，你回答：「不敢當，您太客氣了」（いえいえ、とんでもございません！）是合乎文法的，這也意味著在不知道「とんでもありません／ございません」是否是誤用時，就已經先認同這種說法了。話說回來，「～ない」的形容詞還真是複雜對吧。

比方說，「なさけない」（難為情、丟臉）、「しかたない」（無可奈何）、「もったいない」（很可惜）都是完整的形容詞，不能將「ない」與前面的部分拆開來，但也有人認為，連這些詞彙都是從「なさけ+ない」「しかた+ない」「もったい+ない」變化而來。

照理說，「もったいないことでございます」才是正確的說法，但如果「もったいない」真是源自「もったい+ない」的話，那麼「もったいありません」（真是不敢當）的說法也就合乎文法對吧？看來「～ない」的形容詞真的很複雜啊。

明明沒失禮，卻常常說「失禮了」

有讀者跟我說，他覺得聽到「節目尾聲的旁白說『失禮了』（失礼します）很奇怪」。所謂的「失禮」是「失」＋「禮」，也就是「有失禮儀」的意思，也有「你的態度很失禮」這種「無禮」、「不合乎規矩」的意思。

那麼「失禮了」這句話通常會在哪些情況使用呢？比方說，進入別人的房間時就會說這句話。這時候，這句話隱含著「打擾別人，覺得很不好意思」的意思，原意是想請求別人的諒解。除了上述的情況之外，打算先回家的時候也會說「容我先行一步」（お先に失礼します）。這句話有「覺得自己先回家很不好意思」的意思，所以也很常在離開某個團體、聚會或是說再見的時候使用。這句話在字典的解釋是「婉轉地道別」、「辭行、離別」，通常是當成問候語使用。

日本人是習慣自謙的民族，就算沒做什麼失禮的事，在不得不引起別人注意的時候，還是習慣說「不好意思」對吧。歸根究柢，這是一種覺得「叫住別人很抱歉」的心態，但這類說法早已流於形式，失去自謙的語境。

在該說「再見」（さよなら）的時候說「失禮了」一樣有莫名的謙遜感，也有可能比較討人喜歡。此外，也有讀者認為因為是節目尾聲，所以該使用過去式的「失礼しました」。

在說再見的時候的確會說過去式的「失礼しました」，但這種說法更偏向「道歉」的口吻，所以似乎不太適合在剛剛提到的離別場景使用。可見「失禮了」（失礼します）這句話完全足以在離別之際，當成問候語使用。

結論就是，雖然「失禮」的原意是「有失禮儀、不禮貌、無禮」，但後來又衍生出各種語意的用法。

「託福」是託誰的福？

「託福」（おかげさまで）這句話很常在表達感謝的時候使用，算是為人熟知的「問候語」之一，而且就算不知道是託誰的福，也能隨口使用對吧。若寫成漢字，就會是在「陰」（かげ）冠上「御」（お），再接上「様」（さま），寫成「御陰様」，但為什麼會提到「陰」呢？

由於「陰影」是光線造成的部分，所以光線與陰影應該一起討論。此外，也有人認為由光線造成的「陰影」是受保護的部分，所以在平安時代引申為「神佛的幫助或加持」，之後又為了向神佛獻上敬意而加上「御」，所以最終才寫成「おかげ」。原來「おかげ」有「神佛加持」的意思啊。

隨著時間過去，這句話不僅有「神佛加持」的意思，也可以在接受別人的幫助或恩惠時，用來表達感激的心意。據說從江戶時代開始在「おかげ」的後面加上表達敬意的「様」（さま），而「おかげさま」也成為眾所周知的問候語。

話說回來，NHK放送文化研究所曾在二〇〇六年二月針對二十幾歲以上的人調查「若沒有直接受到對方照顧，會不會覺得向對方說『託您的福』很奇怪？」

結果有百分之八十三的人回答「不會」，但是就回答「會」的人來看，二十幾歲的族群明顯比其他族群多得多，換言之，二十幾歲的受訪者覺得「明明沒受對方照顧，卻說託您的福」很奇怪。

其實隨著年紀增長，需要說「託您的福」這類客套話的場合本來就會變多。說不定當我們累積一定程度的社會經驗，年齡也超過三十歲，就會自然而然學會說「託您的福」這類客套話。

此外，這句帶有些許自謙的客套話也算是一種社交詞彙。

同理可證，「真是太感激了」（ありがたい）也是一句不需要指定對象就能使用的詞彙，比方說「雨居然停了，真是太感激了」的說法就是一例。

「託您的福，本專欄也過了五歲生日，真是太感激了！」

「おす！」是什麼意思？

年輕男性之間很常以「おす！」打招呼。

這個詞在字典裡的解釋是「見面時的問候語」。

一般認為，「おす」源自「おはようございます」，主要的演變過程為「おはようございます」→「おはようっす」→「おっす」→「おす」，只剩第一個音與尾音留著。

據說這種說法是從海軍先開始，是一種對同輩或對晚輩隨興的問候語，等到二次世界大戰結束後，便於民間普及。

此外，有一部分的武術界也會使用這種說法，此時會故意將「おす」寫成具有「忍耐」意涵的「押忍」。

話說回來，也有人用「ちは！」打招呼對吧？「ちは！」就是「こんにちは」的縮寫，在俗語辭典裡的解釋是「御用聞（店小二）或工匠這類師傅常用，氣勢十足的詞彙」。

國語學者柴田武提到這類問候語的使用頻率很高，使用的場面又很固定，所以就算說得含糊不清也聽得懂。

其實「こんにちは」（今天……）本來就是「今天天氣很好」、「今天心情如何？」這類問候語的前半段，到了最後大家都只說這個前半段而已。

其實就連「さようなら」也是「左様ならば、これにて失礼」（若然如此，就此退下！）的前半段。其他還有「あばよ」（掰啦）或是「じゃ、じゃあ」（回見）這類口吻相對輕鬆的離別用語。一般認為「あばよ」是江戶時代的兒童用語，原本的說法是具有「那麼……」（それではね）意思的「さあらばよ」。「じゃ、じゃあ」原本也是「それではこれでお別れしましょう」、「それではまた会いましょう」的「それでは」，後來縮短成「それじゃ」，再簡化成「じゃ」。

這些簡化的問候語讓大家節省不少問候的時間，聽起來也簡單明快許多，很適合用來體現朋友之間的親密程度。

以此代以問候的「代」是什麼意思？

在演講的尾聲，常會聽到「容我以此代以問候」（あいさつに代えさせていただきます）。年輕人可能很少這麼說，但有些年紀較長的族群若是沒聽到這句話，有可能會覺得問候還沒結束。

雖然不知道這句話是從何時出現的，但一般認為，是在進入明治時代之後，這句話才成為正式場合使用的慣用語。在大正時代出版的問候語範例集《式辭大全》之中，用於禮成的慣用語多是「僅此代以祝辭」（一言以て祝辞に代ふ），所以可看出這種說法在那時候就已經普及了。

不過，明明才剛問候完，就立刻說「以此代以問候」會讓人覺得很不可思議吧？

「代」（代える）有「交替」、「代替」，「讓某物扮演與他物相同角色」的意思，所以「以此代以問候」的「代」似乎帶有「雖不正式，但以此代替」的自謙之意，換言之，就是本該正式問候，但在下力有不逮的語氣。

其他像是在開場致詞說的「恕在下僭越本分……」（僭越ながら）。這句話同

樣有自謙的語氣，意思是「不自量力，僭越本分的態度」。

日本人認為謙虛是種美德，所以在公共場合謙恭自持最是大方，不過，現在的人似乎只把這類說法當成「客套話」，很少人意識到原本的意義。

一九九八年由日本文化廳進行的「國語普查」也指出有百分之三十七點八的人將「恕在下僭越本分」當成客套話使用，而相同的情況也在「以此代以問候」這句話發生。

其他如「在此簡短致上敬意」（簡単ですが）或是「簡短致詞」（一言）原本都是簡短問候的開場白，但如今就算是長篇大論，也會先說句：「在此簡短致上敬意」做為開場。

除了問候語之外，仔細想想，「小小心意，不成敬意」（つまらないものですが）、「是否合您的胃口」（お口に合うかどうか）、「久疏問候」（ご無沙汰しております）、「粗茶淡飯，不成敬意」（お粗末でございました）這類脫口說出的客套話在日語之中還真是不勝枚舉啊。

聽到謝謝的回應

若是聽到「謝謝」（ありがとう），大部分的人都會回答「不客氣」（どういたしまして）對吧。

話說回來，「不客氣」（どういたしまして）這句話到底是什麼意思呢？它在明治時代之後出現。一般認為，「ありがとう」這句話是在進入江戶時代之後才被當成感謝詞，所以「どういたしまして」應該是在那之後才出現。

「どういたしまして」在字典裡的意思是「客氣而婉轉地化解別人的謝意或道歉之詞」，這意思是聽到別人說「前幾天謝啦」（先日はありがとう）、「前幾天真是太抱歉了」（先日は申し訳ありませんでした）的時候，一句「不客氣」（どういたしまして）就能化解對方的「謝啦」與「抱歉」。

NHK放送文化研究所的鹽田雄大研究員認為「どういたしまして」應該是從疑問詞的「どうして」演變而來，也就是在對方道謝或道歉時，為了表示謙遜才以「為什麼您會這麼說呢？您真的不需要這樣」這類說法化解對方的謝意與歉意。

一般認為，整個流程是從剛剛提及的「どうして」演變成隨意但不失禮的「どうたして」，最後才又演變成「どういたしまして」。

許多與「どうしたしまして」同義的方言也都有「化解」的語意，例如山陰地區的「いいえな」與「いいえ」一樣，具有否定的意思，而北海道、東北地區的「なも」或是關西的「だんない」都有「差し支えない」（沒問題）或「何ともない」（沒事）的意思，仔細想來，英文也有「Not at all」這種以否定的語氣回禮的說法。

話說回來，最近似乎有人會以「ありがとう」回應「ありがとう」，也有人認為「どういたしまして」不太適合對長輩使用。這應該是因為「どういたしまして」的「いたす」（する的謙讓語）有「自當全力以赴」（全力でことを行う）的意思，才會有這種想法吧。

或許是因為有人覺得化解「ありがとう」的謝意很奇怪，所以才會以「ありがとう」回應，表達互相感謝之情吧。此外，如果是關係很親近的人，有時也會以「いえいえ」回應「ありがとう」。

不管如何，「ありがとう」的回應不只「どういたしまして」一種，大家只需要隨著情況與場合，選擇適當的詞彙回應就好。

「先走了」（お先します）聽起來很奇怪？

照理說，要比同事先下班的時候，應該會說「不好意思，我先走了」（お先に失礼します）才對，但大家身邊有沒有人會在這時候說「先走了」（お先します）呢？

「お先に」是禮讓別人先做某事，或是比別人先做某事之際的用詞，而字典的解釋則是「特別是在準備離開的時候所使用的招呼語」，所以光是「お先に」就算是說了再見。

那麼「お先します」又是怎麼一回事？二〇〇五年ＮＨＫ放送文化研究所曾以問卷調查一般民眾是否會使用「お先します」這種說法。

「お先します」

①沒說過，覺得很奇怪：百分之七十三
②沒說過，但覺得不奇怪：百分之十二
③說過，但覺得很奇怪：百分之八
④說過，不覺得奇怪：百分之七

比例最高的答案是「沒說過，但覺得很奇怪」，足足有百分之七十三，看來這種說法還沒那麼普及，但如果將範圍限縮至地區大小，就會發現在東北地區有特別多的人屬於「有說過，不覺得奇怪」的分類。

「お先します」（東北地區）

①沒說過，覺得很奇怪：百分之二十九
②沒說過，但覺得不奇怪：百分之九
③說過，但覺得很奇怪：百分之二十八
④說過，不覺得奇怪：百分之三十三

從數據來看，曾使用這種說法的人高達百分之六十一，這數字已經超過一半。其實「お先します」似乎算是東北地區的方言。簡單來說，「お先します」是在「お先」加上「する」的敬體「します」所組成。由於標準語也有這種組合，而且方言辭典也沒收錄這種說法，所以有學者認為「お先します」算是一種「隱性方言」。類似的例子還有源自九州地區的「されてください」（請做～）。在九州坐公車的時候，偶爾會聽到「請抽取段票」（整理券を取られてください）這類車廂廣播，但如果是標準語的話，應該要說成「整理券をお取りください」才對，話說回來，這種「隱性方言」似乎還有不少呢。

嗯……呃……

半句話都不說的時候，日文會說成「うんともすんとも」（嗯……呃……），但為什麼會出現這種說法呢？

早在江戶時代，「うんともすんとも」就已經出現在近松門左衛門的作品《弘徽殿鵜羽產家》，書中的敘述是「不發一語，默默走下石清水坂……」（其中的石清水讀成「いわしきよみず」，與言う（いう）形成諧音，讀起來就像原本的「うんともすんとも言わない」）。

這句話的起源可說是眾說紛紜。

第一種說法認為「うん」是承諾、肯定的發語詞，「すん」則只是諧音，沒有特別的意思。

第二種說法則認為「すん」源自「候」（そうろう），演變的過程是「そうろう→そう→す→すん」，而「すん」有「連隨便回應一下都不要」的意思。

最後，也是最有力的說法則認為這句話源自「ウンスンカルタ」（umsum carta）。「ウンスンカルタ」是一種比撲克牌小，又比花牌大一點的卡牌，分成繪

牌與數牌兩種，繪牌上面有七福神或西洋騎士的畫像。由繪牌與數牌組成的牌組共有五組，每組包含六張繪牌與九張數牌，所以每組共有十五張卡牌，總計七十五張卡牌。有些繪牌上面會寫著葡萄牙語的「um」，也就是「一」的意思，有的則會寫著意思為「最棒」的「sum」。

其實花牌（carta）是於十六世紀中葉，由葡萄牙人引進日本的遊戲，而在葡萄牙語之中，「carta」的意思為「卡牌」，在日本則取其諧音，寫成「歌留多」這三個漢字，早期也曾寫做「嘉留多」。後來九州又將這種源自葡萄牙的花牌改良成國產的「天正花牌」，進入江戶時代之後，這種花牌開始於平民百姓之間普及，也因此被改良成「ウンスンカルタ」。

玩「ウンスンカルタ」這種卡牌遊戲玩得太投入，導致現場一片靜默，沒人想說半句話的狀態到最後就被形成成「うんともすんとも言わない」。

由於「ウンスンカルタ」在江戶時代被當成賭具使用，因此幕府也祭出禁令，這也導致其失傳，不過在熊本縣人吉市有許多人為了讓「ウンスンカルタ」被指定為重要無形文化財而四處奔走。做為主導組織的「鍛冶屋町通街景保存與活化會」則主張：「說不定是因為我們這個遠離江戶幕府，天高皇帝遠的地方有自己的經濟圈，所以ウンスンカルタ這種卡牌遊戲才得以殘存。」一直到現在，大人也會教小孩子這種花牌的規則，也會舉辦花牌競技大會。另有一說認為玩這個卡牌遊戲的時候，會在出牌之際喊「うん」與「すん」，但後來因為禁令頒佈，再也聽不到「うん」與「すん」，所以才會出現「うんともすんとも」這種說法。

看來事物即使失傳，語言卻能代代相傳下去啊。

日語研究室

NHK主播
為你解析110個常見用語的緣由，
理解曖昧日語的思考、含意與運用方式

第4章　很講究時間

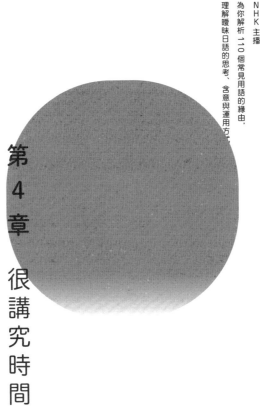

所謂的一大早是幾點？

六月十日是日本的「時間紀念日」。

用於說明時間的詞彙有很多種，例如「待會」（まもなく）、「最近」（近々）、「一會兒」（しばらく）、「之後」（そのうち）、「改日」（折をみて），但這些詞彙通常語焉不詳，讓人搞不清楚到底是多久的時間。

最近是不是很常聽到「請一大早來」（朝いちに来てください）或是「一到下午就開會」（午後いち〔昼いち〕から会議です）這類說法呢？這些都是「朝いちばん」與「午後いちばん」的簡易版，也可說是常於職場使用的術語。由於這些詞彙的歷史都還很淺，所以「朝いち」是到九〇年代後期才見於字典，對應的解釋是「於當日一大早做的事情」，而「午後いち」也是最近才收錄於字典，意思是「於當日下午做的第一件事」。話說回來，大家覺得「朝いち」與「午後いち」差不多是幾點呢？手錶製造商星辰公司在「時間紀念日」對上班族進行了某份調查，就整體回答的平均來看，「朝いち」指的是「早上七點五十四分」，「午後いち」則是指「十二點五十四分」。既然「朝いち」是「當天一大早」，每個行業認為的「一

大早」有可能都不一樣。聽說有些企業正在推動「晨型化」的改革，也就是讓員工一早上班，提升工作效率，或是在早上開會，所以這些企業認定的「一大早」有可能都是不同的時間，而「午後いち」則幾乎都是指午休結束後的下午一點左右。

類似的說法還有很多。比方說，被問到「要不要喝個一杯」（ちょっと一杯）的時候，會以為是多久的時間呢？如果有人跟你說「改天一起吃個飯」（近いうちに食事）的話，你會覺得是什麼時候呢？調查指出，大部分的人認為「要不要喝個一杯」的時間為一個小時（百分之四十七點三），平均約為一小時二十分左右，至於「改天一起吃個飯」的回答則多是一個月之後（百分之四十三點八），其次則是一週後（百分之二十五點八），回答「其實不會一起吃飯」的人也有將近兩成。看來有人把「改天一起吃個飯」當成客套話使用。

其他還有「幾分鐘」、「幾天」這類說法，字典也將這些歸類為約莫三、四或五、六這類數量的說法，但在某些字典卻被解釋成二至十之間的數量。

NHK放送文化研究所曾於二〇〇三年針對年輕人進行全國調查，多數人都認為「幾天」的意思是二至三天，但年紀較長的受測者則多給出三至五天這類時間較長的答案。每個人對於時間與數量的認知都不一樣，雖然曖昧的用字遣詞有助於日常的溝通，但有必要的時候，最好還是把時間說清楚，別引起不必要的誤會。

一、兩天是什麼時候？

若聽到「一、兩天」（一両日），大家會覺得是什麼時候呢？

一、兩天的「兩」有兩個意思，所以若說成「一兩」就是「一或二」的意思，「一兩天」自然也是「一天或兩天」的意思。在某些字典則是「今天或明天」的意思。

NHK放送文化研究所曾在二〇〇六年進行網路問卷調查，其中有道題目問到「若在星期一聽到『這一兩天一定回覆您』，會覺得是星期幾收到回覆呢？」，回答「最慢不該超過星期二（明天）」的人有百分之六十一，回答「最慢不該超過星期三（後天）」的人有百分之三十一。

簡單來說，答案分成「把今天算在內」與「沒有把今天算在內」這兩派。

此外，在東京都內調查之後，還得到「一兩天這種說法讓人覺得有點曖昧」「有種對方雖然沒有明說，卻『急著』要我回覆的感覺」，由此可知，不想把時間說得太清楚時，就會說成「一兩天」。也有人認為會如此婉轉，只是不想讓對方感到壓力，所以「一兩天」這種說法可說是日語特有的曖昧。

基於上述理由，回答「常使用一兩天這種說法」的多是上班族。這應該是因為職場很常遇到無法將日期定得太清楚的情況，所以才傾向使用這種說法。換言之，這句話帶有「不想讓對方因為日期感到壓力，卻又希望對方能趕快回應」的語氣。

這種說法雖然好用，但還是要避免濫用，以免引起誤會。若是重大場合，最好還是採用「今天之內」或「到明天為止」這種直接了當的說法。

朝っぱら（一大清早）的「ぱら」是什麼？

朝っぱら的「ぱら」是什麼？其實是「肚子」（腹）的意思喲。

「朝っぱら」其實是從「朝腹」一詞而來，指的是「吃早餐之前的空腹狀態」，這種說法在室町時代就已經出現。當時是一天吃兩餐，所以通常是在工作告一段落之後才吃早餐，也因此將吃早餐之前的空腹狀態說成「朝腹」。

到了江戶時代，「朝腹」這種說法就被引申為①一大早、早晨的意思，之後又被當成②在早餐前吃的簡單食物或是隨便吃吃的意思，最後才又演變成③易如反掌，因此聽到「那件事有如『朝腹』啦」（そんなのは朝腹だよ），其實就是在說「那件事易如反掌啦」，與「朝飯前」的意思相同。類似的慣用語還有「朝腹の茶漬け」、「朝腹の丸薬」，都有簡單、容易的意思。「朝腹」這個說法也慢慢地演變成「朝っぱら」。

現在的「朝っぱら」幾乎都是被當成①的意思使用，而③的「易如反掌」則通常說成「朝飯前！」

話說回來，為什麼「朝腹」會變成有促音的「朝っぱら」呢？

其實這是為了強化語氣的緣故。日語有許多轉換成促音的詞彙，而且早在平安時代就出現了這類詞彙的變化。例如「做得好」的「あっぱれ」就是源自「あはれ」，「もっぱら」（專心）就是從「専ら」（もはら）變化而來，「ちっとも」（一點也不）也是來自「些も」（ちとも）。

此外，意思為「傾盡所有」的「ありったけ」其實也是從「あり丈（たけ）」演變而來。雖然「丈」已經有全部、限度的意思，但促音化的「ありったけ」聽起來應該比「あり丈」更有強調的感覺。

再者，還有「首っ丈」這種說法。這裡的「丈」指的是身高或物品的長度，原本是深陷至頭部高度的意思，後來又被引申為「非常思念」，這個詞也可用來形容情不自禁愛上某位異性的情況，而「首っ丈」的發音也比「首丈」更能強調「我對你的愛已深到無法自拔」的感覺。

不管是「朝っぱら」還是「首っ丈」，似乎都是從江戶普及到日本全國各地的，有些人也會覺得「しみったれ」（吝嗇）、「おっこちる」（掉落）、「これっぱかり」（只有這麼一點）這類源自江戶的用語很粗俗，但這些詞彙說不定就是能突顯江戶人的氣勢，所以才變得如此普及的。

早生まれ是什麼意思？

有讀者問我：「我知道有年頭生（早生まれ）這種說法，但為什麼明明有人的學年晚一年，卻還算是年頭生呢？」

比方說，於平成二十年（2008）學年度就讀小學的是平成十三年（2001）四月二日至隔年的平成十四年（2002）四月一日間生的小孩。

所謂的「學年」是指「四月一日至隔年三月三十一日為止」這段時間，這也是根據「學校教育法施行規則」這項法律規定的期間。在平成二十年四月一日滿六歲的小孩就是該年的一年級新生。順帶一提，平成十三年四月一日出生的小孩到了平成二十年四月一日就滿七歲，所以學年會早一年。

「早生まれ」在字典裡面的意思是「在一月一日至四月一日這段期間出生（的人）」。的確，在平成十四年一月一日至四月一日出生的「年頭小孩」在這個學年之中，生日是在比較後面。但其實「早生まれ」與四月至隔年三月的「學年」無關，而是要以一月起始、十二月結束這種「曆年」的月份順序來看。

一般認為，「學年」之所以定為四月至隔年三月，是為了配合日本政府的「會計年度」，與「年度」或曆年無關，純粹是為了配合行政事務與會計，也因此通常會是四月至隔年三月這段期間。

仔細一想就會發現，一年的周期分成「曆年」與「年度」兩種，一般人也都會如此分類，也因為「曆年」與「年度」在一月到三月這段期間不一致，才會讓人覺得很複雜。

其實還有「遅生まれ」這種意思為「四月二日至十二月底出生（的人）」的說法，但大家應該很少聽到這種說法吧。

生前是什麼時候？

若單從字面來看，「生前」這個日文漢字似乎可解讀成「出生前」的意思，但其實這個詞的意思是「在世、死亡之前」。這個從中國傳入日本的詞彙早在平安時代就已經是「在世」的意思，常常在回顧在世的一切時使用。

那麼為什麼要寫成「生前」呢？關於這點可說是眾說紛紜。

第一種說法是直接將「生前」解讀為「出生前」。相對於「生前」，還有「後生」這個意思為「死後，於來世重生」的詞彙，所以從這個意思來看，「生前」就能解釋成「於來世出生之前」，換言之，就是指活在「今世」的時候。

另一種說法是將「生前」解釋成「過去在世的時候」。

「前」這個字有「前方」的意思，例如「前進」或是「向前對齊」，都是指行進方向或空間的前方，但是用來形容時間的順序時，卻是「過去」的意思。比方，我們會說「三天前見過」或「很早之前就想過這個問題」，而「三天前」指的是「過去三天」的意思，所以一旦死亡，活著的那段時間就成為過去，而這段過去又可用「前」這個字代表，所以才會說成「生前」。

同理可證，從時間的角度來看「後」有「接下來、未來」的意思，比方說「之後再見囉」、「今後」這類說法就是其中幾例，「老後」也才會是「年老之後」的意思，不過「年老之後」沒有「死亡」的含義對吧？其實「老後」也是從中國傳入日本的詞彙，從平安時代就已廣泛使用。

到了江戶時代之後，「老後」被取代為「老入」。江戶時代的人們認為，即使年輕的時候很辛苦，只要老了能有家人陪在身邊，快樂地活著就是一種幸福，所以才會以「老入」一詞形容「いい老年期に入ろ」（頤養天年），聽起來也比「老後」樂觀一點對吧？

每個人的生活型態都不一樣，真希望能樂觀看待年老之後的生活與未來啊。

後天的明天怎麼說？

大家會怎麼說「後天的明天」？

其實日本各縣市的人似乎有不同的說法。

國立國語研究所針對全國各地方言調查所編撰的《日本言語地圖》指出，東日本會將「後天的明天、大後天」說成「やのあさって、やなあさって（やなさって）」，西日本則會說成「しあさって」。

「やのあさって」的「や」寫成漢字的「弥」，有「很多、更多」的意思，例如「弥栄」（越來越興盛）就是其中一例，而「しあさって」的「し」似乎源自數字「四」。將今天視為「一」，明天視為「二」，後天視為「三」，隔天當然就是「四」囉。

前面雖然提到東日本多用「やのあさって」這種說法，但東日本的地區之中也有例外，例如東京就將「後天的明天」說成「しあさって」。其實東京原本也是以「やのあさって」為主，但之所以會改說「しあさって」，或許是因為貿易與關西的來往越來越深之後而受到影響吧。

話說回來，三重縣、岐阜縣與北陸部分地區會把大後天說成「ささって」，其中的第一個「さ」是「再来年」（さらいねん）的「さ」，也就是「再」的意思，而「再」有「下一個」的意思，所以後天的「次日」就是「さ+あさって」，最後的發音就變成「ささって」。另有一種說法認為今天的次日（明天）為第一天，所以第三天（大後天）才會因為「三」這個字被說成「ささって」，這還真是讓人聽得一頭霧水。

於各地區調查①後天的次日與②後天的後天的說法之後，得到下列的結果。

東京=①しあさって ②やのあさって

東日本=①やのあさって ②しあさって

西日本=①しあさって ②ごあさって

三重縣一帶=①ささって ②しあさって

結果還真是分歧啊。「ごあさって」的「ご」應該是數字的「五」（ご）吧？看來這是因為「し（四）あさって」的後面，理應是「ご（五）あさって」的緣故。

看來東日本與西日本人約見面，好像會常常約錯時間，還請雙方多多注意囉。

未明是什麼時候？

聽到「未明」，大家會覺得是幾點到幾點呢？

NHK放送文化研究所曾於二〇〇三年對此進行全國調查，發現大部分的人都回答「凌晨三點、四點至五點左右」。

字典的解釋則是「夜晚將明未明之際、黎明之前」的時間。

廣播節目通常得告知具體的時間，如果無法確定時間，通常也會將凌晨零時至三時這段時間說成「未明」。此外，氣象廳曾於二〇〇七年重新校對「氣象預報用語」，也於當時將凌晨零點至三點這段時間稱為「未明」，並將凌晨三點至六點這段時間稱為「黎明」。

但，這又是為什麼？

首先讓我們想想看「今日」這個意思為一整天的單位。就一般人的生活而言，通常是把早上起床到晚上睡覺這段時間視為一天對吧？就算是到跨夜的凌晨兩點才睡，也會覺得還是同一天對吧？不過，日期會在過了凌晨零點的時候改變，所以廣播節目必須以凌晨零點為基準。

那麼又該如何表達凌晨零點到三點這段時間呢？

比方說「深夜」或「半夜」（夜中）如何？

以「深夜」這個詞彙來說，我們很常聽到「營業至深夜」或「深夜節目」這類詞彙，但在日本人的心目中，此時的「深夜」是指「晚上十點、十一點至早上為止」的時間，而「半夜」則是指「很晚的時間」，差不多是凌晨零點前後的這段時間。若是播報在凌晨零點至三點這段時間發生的新聞，卻說「今天深夜」的話，大概會被誤以為是接下來的深夜時段，而「半夜」也很容易引起相同的誤會。

所以「未明」這種明白指出時間已過凌晨零點的用語才會越來越普及，只是這種用法已經偏離這個詞彙的原義，然而擁有大量聽眾的廣播節目也必須使用多數人達成共識的時間說法，很讓人傷腦筋啊。

人們的生活越來越多元，而語彙的使用方式應該也會隨著生活不斷改變。

表述夜晚的詞彙

廣播節目很難替凌晨零點至三點這段時間找一個適當的詞彙，因此才以「未明」代替。以字典的解釋來看，「未明」是指凌晨三點至日出的這段時間，一般人知道的「未明」也是這個意思，但廣播節目卻自行將「未明」的範圍放大，並在難以指定時間或是指稱凌晨零點至三時這段時間的時候使用。

曾有讀者建議，改以「深夜」代替「未明」如何？不過，深夜通常是指晚上十點到隔天黎明這段時間，有些人可能會因此搞不清楚到底是在說什麼時候。

不過，日文有很多與時間有關的說法，就算只挑「未明、夜中、深夜」這類詞來看，也會發現這些詞全部都是「晚上」的意思。其他還有「真夜中」（半夜）、「夜更け」（夜幕低垂）、「夜半」（夜半）這類詞彙。在過去偶爾會在氣象預報的時候聽到這些詞彙，但最近已不再如此播報，一般人更是不會使用。

再者，大部分的人都不知道這些詞彙到底代表哪些時段。

比方說，「夜半時分」（夜半過ぎ）到底是指哪個時段呢？我們針對五十位來NHK Studio Park參觀的來賓做了問卷調查，得到的結果如下。

①晚上十點到凌晨兩點：十四人
②凌晨零點至兩點：三十三人
③凌晨零點至日出：三人

由此可知，「夜半時分」是指②的凌晨零點至兩點這段時間，而「夜半」則是凌晨零點前後三十分鐘這一小時的意思，但就像前面提到的，這類詞彙已經很少人使用，而且「時分」一詞也太過模稜兩可，每個人的解釋都不一樣，所以算是不夠精準的說法。

接著再問「今宵之內」（宵のうち）（註）又代表哪個時段呢？這次一樣做了問卷，得到了以下的調查結果。

①太陽下山之前的二至三小時：十四人
②太陽下山前後的二至三小時：二十二人
③太陽下山之後：十四人

其實「今宵之內」原本是③太陽下山之後的意思，但許多人認為是太陽下山前後的時段，也有很多人覺得是「太陽準備下山」的時段，或許是因為覺得「宵」有「完全進入黑夜之前」的含意。

除了上述的例子之外，詞彙裡面有「宵」的還有「今宵」、「宵っ張り」（熬

註：日文的「宵」有兩種意思，一種是太陽剛下山的時候，另一個是晚上的意思，在此取前者之意。

夜或夜貓子），而這些都是一些別有風情的詞彙，不過隨著生活型態的改變，現代人已經很難體會「宵」所代表的意義了。

也有人問「彼は誰時」（かわたれどき）是什麼時候。這個說法源自天色暗得只看得到人影，看不出是誰時問的「かわたれ」（他是誰），與「たそがれ」（黃昏之時）的用法相近，但比較接近天色將明未明的時段，不過現在已經不太有人使用這個詞彙了。

由此可知，形容時間的詞彙又多又複雜，今後說不定會有越來越多這種令人產生誤會的詞彙。

日語研究室

NHK主播
為你解析110個常見用語的緣由
理解曖昧日語的思考、含意與運

第5章 不覺得奇怪嗎？

令人遺憾的道歉？

「真是令人感到遺憾」（まことに遺憾です）。

這句話很常在政府官員或政治家的記者會等公開場合聽到，企業的發言人有時則會以這句話委婉地表達「抗議」。發生了醜聞或是公眾人物準備道歉時，最常聽到的也是這句話吧。

但許多人覺得這句話用在道歉的場合很奇怪。其實大部分的人都覺得道歉的時候說這句話「很沒誠意」。

「遺憾」在字典裡的解釋為「事情不如預期、心有餘而力不足、惋惜」之意，日本人也很常在運動會的時候說「已發揮所有實力，沒有留下任何遺憾」（実力を遺憾なく発揮し），意思就是「沒有留下任何悔恨」。即使從字面來看，「遺=留，憾=恨」，沒有半個字與「道歉」沾上邊。

當我們在某些記者會聽到「發生這樣的事情真是令人深感遺憾。今後將查明原因與努力避免再犯」這類說法，通常會覺得這些人不過是覺得發生這種事情很「可惜」，完全沒有想道歉的意思對吧？只有「這次真是令人感到遺憾。萬分抱歉，後續將繼續查明原因……」才讓人覺得有道歉的意思。

那麼為什麼會用「遺憾」代替道歉呢？為此我請教了某位曾於記者會使用「遺憾」一詞的公司管理高層。他認為這是將「遺憾」誤以為是「謝罪」的現象，也認為這種說法雖然不算是道歉，卻能讓對方感受到「你有多麼感到惋惜」。

國立國語研究所的吉岡泰夫高級研究員指出「遺憾是為了避免被追究責任的遁詞」，但說到底，這一切只「便宜了當事人」而已。

不過，會覺得醜聞或失誤很遺憾、可惜是很正常的事，所以我們或許該將「遺憾」看成「表達心情」的詞彙。

感動是禮物？

我們很常聽到「選手的表現真太令人感動了！」（選手のプレーに感動をもらいました）這種說法，但感動是別人給的嗎？除了感動之外，「勇氣」、「活力」、「力量」都有類似的說法。

「感動」是內心因某事某物被觸動的意思，較常見的日文用法有「感動する」、「感動を覚える」、「感動にひたる」。「勇氣」則有無所畏懼，面對恐怖的氣勢之意，常見的用法有「勇気付けられる」、「勇気がわく」，而這些說法不是內心自然的觸動，就是由外而內的現象。

「感動をもらう」、「感動を（もらって）ありがとう」這類說法是從一九九〇年代後半期出現，而在二〇〇〇年雪梨奧運，某位觀眾在電視上說了「感動をありがとう」之後，這種說法便迅速普及，但恐怕只有體育盛會這類活動才會出現這種說法，如果是小孩的運動會，應該只會說「感動したよ」，不太會說「感動をもらった」吧。

奧運這種大型盛會常可看到許多令人「感動」的場面，觀眾看到最後會對這類

場面感到「麻痺」，希望得到更強的刺激，所以才衍生出「感動したい」、「もっと感動がほしい」這類將「感動」當成是「禮物」（もらえるもの）的語感。

那麼體育選手口中的「感動を与える」又如何？或許某些人會覺得刺耳。其實有些字典收錄了「感動を与える」這種說法，但這種說法的問題似乎在於「与える」這個部分。

「与える」的語氣是為了滿足他人期待而做某事，通常會有①把自己的東西給地位較低的另一方②讓對方蒙受某些影響或效果③施捨對方的意思，換言之，「与える」是在對方與自己地位相同，或是對方地位較低的時候所使用的詞彙，因此體育選手所說的「与える」才會讓人覺得怪怪的吧。

在過去，為選手加油的啦啦隊會追求所謂的「感動」或「勇氣」，而選手也會想回應啦啦隊，所以才會出現「与える」、「もらう」這類說法吧。

～でいい（～就好）的說法很失禮？

大家在被問到「要不要喝點什麼？」（なにか飲みますか）的時候，會回答「喝咖啡就好」（コーヒーでいい）嗎？

有讀者問我，如果真的想喝點飲料的話，直接說成「喝咖啡」（コーヒーがいい）是不是比較好？

我在東京都內詢問大眾的意見之後，大部分的人都覺得「コーヒーで」有種迫不得已選咖啡的語感，而「コーヒーがいい」聽起來比較舒服，也有人覺得「～でいい是在沒有真心想喝的飲料，不得不放棄選擇的時候才會這麼說」。

助詞「で」的用法有「……でいい、……で構わない」在字典裡的解釋是「退而求其次的選擇或是不得不答應」的意思，換言之就是「非最佳選擇」的意思。

舉例來說，上司在交辦工作給部下的時候，若是向對方說「君でいい」（算了，就你吧），部下應該會覺得「意思是，沒有非我不行嗎？」但是換成「君がいい」的話，部下應該會覺得很開心吧。將這種邏輯套用在剛剛的咖啡的話，「コーヒーで」會有「其他的飲料比較好，但咖啡的話，勉強可以接受」的意思，這聽在對方（幫忙準備飲料的人）耳中，實在是不太悅耳。此時若說成「コーヒーがいい」的話，對方應該會很樂意替你煮一杯好喝的咖啡。

不過呢，也有人提出下列的意見。

「『～がいい』有種過於自我的感覺，所以才使用『～で』這種較為委婉與客套的說法。」的確，在炎炎夏日到客戶公司拜訪，被客戶問「要不要喝點什麼？」的時候，若回答「水で」（喝水就好），的確隱藏著「不想麻煩對方準備」的意思，此時若說成「水がいい」恐怕會演變成對方端麥茶出來都有「不是水不行」的疑慮。由此可知，這種情況下的「で」有「不是最佳的選擇也很滿足」的自謙之意。

說話這門藝術往往是說者無心，聽者有意，有時會讓別人覺得你很囂張，但有時則會讓人覺得你太客氣。雖然只是簡單的一個「で」，但還是要從對方的表情或是語氣才能知道對方真正想說的是什麼吧。

「故障中」的說法很奇怪？

大家不覺得「故障中」這種說法很奇怪嗎？

應該有些人會覺得改成「故障」就夠了吧。「～中」這種說法的意思是「暫時維持某個特定動作」，也就是「目前雖然是這個狀態，但最終這個狀態會解除」，比方說「工事中」（目前正在施工，但總有一天會結束）、「婚約中」（有一天會結婚或是婚約會解除，不會一直維持相同的狀態），但「死亡中」與「結婚中」的說法就很奇怪，因為不會有人死後復生，也不會有人是以離婚為前提而結婚對吧？

那麼「故障中」又是怎麼一回事？雖然故障不是故意的，但的確總有一天會修好，所以不能就此斷定這種說法很奇怪。

能不能在詞彙後面加上「中」的第一個判斷準則應該是「總有一天這個狀態會解除」，等於「可以看到終點」。

那麼「発売中」（開賣中）又如何？「発売」指的是開賣的瞬間，所以有些人或許覺得應該改成「販售中」才對。

所以接下來要介紹第二個判斷標準！那就是這個動作是「瞬間結束」還是「一

直持續」。比方說，「發言中」是正常的說法，但「發現中」就很奇怪，因為「發現」指的是瞬間的狀態。

有些人覺得「発売中」的時間差不多一週，所以才覺得這個詞彙代表的是某種「狀態」，而不是「瞬間結束的動作」。此外，有些賣方為了強調「剛出爐的、新鮮的」感覺，才會在過了一段時間之後，還是保留「発売中」這類廣告用詞。除了「発売中」之外，其實還有很多見怪不怪的說法，例如「發車中」就是其中一例。

這些說法是否奇怪可說是因人而異，至於「故障中」或「発売中」是否奇怪……或許都還在「判別中」啊。

滿足口腹之慾的菜單是很棒的菜單？

聽到「享受山珍海味，滿足口腹之慾的菜單（欲張りメニュー）」這句話，大家會聯想到什麼？應該是品項豐富，讓人倍感滿足的菜色吧？說不定腦中會浮現田樂茄子、涼拌油菜花、朧豆腐、鹽烤野生香魚、山菜天婦羅、竹筍炊飯、生蕎麥麵、黑糖蜜蕨餅這些有豐富滋味的超划算菜色對吧。

話說回來，「欲張り」的原意是「貪婪」，所以不是什麼正面意義的詞彙，但店家似乎都把這個單字當成「包君滿意」的意思使用，而且偶爾還會看到「よくばりおかず」（滿足口腹之慾的配菜）這類書名，書中介紹的菜色多得讓人覺得買到賺到。

在價值觀漸趨多元的潮流之中，主張自己的意見或是追求慾望未必是錯的，「欲張り」這個詞則可能是上述想法的體現，最終才會出現完全背離原意的正面用法吧。其他還有類似的例子。

「鑽牛角尖的一道菜」（こだわりの一品）的「こだわる」。這個單字的原意是「為瑣事所囿，鑽牛角尖」的意思，但是到了現在，「惟獨此事絕不讓步的心情」這類正面的解釋也出現在字典裡面，例句則是「堅持原味」（本物の味にこだわる），看來こだわる這個單字已經被當成正面的詞彙。

其他還有故意使用負面意義營造正面效果的說法，例如「午餐就該任性地選」（ランチわがままチョイス）、「獻給貪吃鬼的你」（食いしん坊なあなたへ）、「既任性又貪婪的減重」（わかまま欲張りダイエット）等。「わがまま」本是「任性」的意思，但改成「わがままチョイス」反而有「主廚能滿足各種屬於你的任性要求」的意思。「食いしん坊」原本是「貪吃鬼」的意思，但在前面的例句裡，卻是有點調侃你是個什麼都愛吃，特別愛吃美食的人，算是比較可愛的說法。

這些用法當然都與原本的意思不一樣，有些人也會覺得怎麼會有這種用法，所以大家最好還是記住這點，盡可能以適當的詞彙表達想法。

お話しくださる？お話しいただく？（請致詞）

大家在聽演講的時候，聽到司儀說：「這次致詞的教授是……」（お話しくださる先生は……）或「這次上台賜講的教授是……」（お話しいただく）會有什麼印象？

讓我們先思考「お～くださる」與「お～いただく」這類敬語是怎麼一回事吧。

「お話しくださる」是「話してくれる」的尊敬表現，是直接向對方致上敬意的敬語，也就是「あなたが私に話してくれる」（你跟我說）這種由對方主動進行的行為。

反觀「お話しいただく」則是「話してもらう」（請你跟我說）的謙讓表現，是說話者放低身段，藉此表現敬意的敬語，所以例句也可改寫成「私があなたに話してもらう」這種以「私」（我）為主語，請對方致詞的句子。

由於這兩種例句都是向行為人致上敬語的說法，所以都不算是有錯，但如果在不對的場合使用，又好像會讓人覺得很奇怪。

從司儀（主辦方）的立場來看，他們是拜託教授致詞，所以才會常用「お話しいただく」這種說法，可是這種說法只尊敬教授，司儀與聽眾都是地位較低的一方，所以地位被莫名其妙降格的聽眾才會覺得怪怪的吧。若從聽眾的角度來看，「お話しくださる」才是符合情境的說法。有時候司儀也會說成「今日のお話は○○先生です」，藉此迴避不必要的誤解。

話說回來，近來「お～いただく」的使用頻率似乎高於「お～くださる」。

比方說，要感謝別人致贈大禮的時候，較常說成「結構なものをお送りいただき……」，而不是「結構なものをお送りくださり、ありがとうございます」對吧？

一般認為聽起來像是主動請別人送禮的「いただく」可以表現自己有多麼惶恐與感謝，進一步突顯對方的恩情有多高。

「お～くださる」是「くれる」的尊敬表現，「お～いただく」則是「もらう」的謙讓表現，兩者也都是向對方獻上敬意的用語，但到底哪種說法比較適當，哪種又比較客氣則是因人而異，每個人的觀感也不盡相同。

お召し上がりください是雙重敬語？

有讀者來信問我：「お召し上がりください是雙重敬語吧？」

的確，這句話是由「召し上がる（尊敬語）」加「お～ください（尊敬表現）」組成的，所以是雙重敬語沒錯。

也就是說，只需要說成「召し上がってください」就夠了。「召す」這個動詞的原意是指對方把東西放到身上或穿在身上這類與身體有關的動作，例如「穿衣服、穿鞋子、泡澡、叫、變老、感冒、喜歡某物、吃、喝」的尊敬語都是「召す」。

在這些動作之中的「吃」（食べる）與「喝」（飲む）則另有「召し上がる」這種說法。白飯的「飯」日文是「めし」，是從「食べる」這個吃的動詞的敬語「召す」（めす）轉換成名詞而來，原意是「珍貴的食物」，所以光是「飯」這個詞就足以表達敬意。

話說回來，大家應該很常聽到在「召し上がる」套上「お～ください」這種說法吧？

日本文化廳在一九九五年「國語普查」舉辦之後，發現有百分之八十五以上的人覺得這種說法很普通。

之後又在一九九九年進行了相同的調查，在覺得「本製品の召し上がり方」（本產品的食用方式）這種說法是否合適這題，約有百分之六十八的人回答「很正常」。

原本這樣的確是敬語的濫用，但大部分的人似乎不以為意，因此日本文化廳也認為這種說法已經開始普及。為什麼會不自覺地使用這種雙重敬語的說法呢？就文法而言，要將動詞轉換成敬語形式時，會在動詞加上「お~なる」或是「お~ください」這類詞彙。

但大部分的人有可能是在使用原本就是敬語的「召し上がる」的時候，想讓語氣更加委婉，所以才會仿照常用的敬語，套上「お~ください」的句型，說成「お召し上がりください」。

相同的例子還有「来る」的敬語「見える」。「先生が見える」（老師來訪）的敬語是「先生がお見えになる」，這種雙重敬語似乎也已經廣為大眾接受。

在使用敬語的時候，往往會讓人有種越來越客氣的傾向啊。

聽到「感謝したいと思います」有什麼感覺呢？

「それでは、食べてみたいと思いま～す」（那麼，我希望吃了喲）

這句話在經過拆解之後，「～したい」的部分是表達願望的助動詞，「～思う」的部分是表達「推測」或「不確定」的動詞。由這個助動詞與動詞組合而成的「～したいと思います」若用來說明後續的狀況，就不算是錯誤的句子。不過，要是在能夠直接了當說成「～します」的時候說成「～したいと思います」，或許就會讓人覺得很刺耳或是很奇怪。

如果說話者老是把話說得斬釘截鐵，聽話者有可能會覺得難以接受，或許也就是因為這樣才會不自覺地使用較為婉轉的語尾吧。

以「これから会議を始めます」與「これから会議を始めたいと思います」為例，後者是不是莫名地客氣許多呢？後者給人一種「接下來準備開會，大家都準備好了嗎？」的語氣，聽起來也更加客氣，還能隱約地提出自己的主張。

其實日文有許多不使用敬語，也能婉轉表達敬意的說法，例如將「那個人」（あの人）改成「那位」（あちら），將「這個」（これ）改成「こちら」，而這

種委婉表達主張的說法，既能顧及對方的心情，還能提出自己的意見。

但是大家是怎麼看待「感謝したいと思います」這句話的呢？意思是「感謝是之後的事？」這種說法很有問題不是嗎？所謂的感激往往是當下湧現的情緒，所以才會讓人覺得這種說法很奇怪。或許也會有人覺得「真的有心感謝嗎？」

雖然這種說法已經變成慣用的說法，但在這種情況下，直接說「ありがとうございます」（非常感謝），或許更能說進對方的心坎裡。

希望大家在用字遣詞的時候，先想想能否引起對方的共鳴。

「申される」這種說法，奇怪嗎？

大家聽到「部長が申される通りです」（部長說得極是）這種說法，有什麼想法？

「申される」是由「申す」+「れる」組成，而「申す」是「言う」（說話）的謙讓語，也就是放低自己身段，抬高對方地位的說話方式。另一方面，「れる（られる）」則是強調對方行為的尊敬語，但將謙讓語與尊敬語連在一起，不能算是表現敬意的說法。

不過也有很多人不覺得這樣的說法不自然。根據日本文化廳於二〇〇四年進行的「國語普查」來看，有百分之四十九點三的人認為「ただいま会長が申されたことに賛成いたします」（贊成會長方才的指教）是正確的說法，比認為這種說法不正確的人的百分之三十九點一更高。

於鎌倉時代成書的《平家物語》也有「新大納言成親卿もひらに申されけり」（新大納言成親卿也表明願就任懸空的左大將一職）的說法。

一般認為，到了中世紀之後，就將「申す」視為「言う」的丁寧語，既然是

丁寧語，那麼接上尊敬語的「れる」也沒什麼好奇怪的，所以在看日本古裝劇的時候，有可能常常聽到「主公說的是……」（殿が申された……）。

類似的說法還有「○○さんはおられますか？」（○○在家嗎？）的「おられる」。「おる」是「いる」的謙讓語，所以有些人認為「おられる」這種謙讓語+尊敬語的說法是誤用。不過，「おる」也有丁寧語的用法，例如「雨が降っております」（正在下雨呢）。這裡的「おる」不是用於放低身段的說法，而是美化「降っている」這個現象。

「申す」與「おる」既是謙讓語，也是丁寧語，所以不管是「申される」還是「おられる」都不能一口咬定這種說法是錯的。

不過，有人覺得這種說法很怪也是事實，所以為了避免招來誤解，不妨改成「部長がおっしゃった」或「○○さんはいらっしゃいますか」這種較不會引起誤會的說法，可能比較妥當吧。

「壓倒性地少」聽起來很怪？

「圧倒的に少ない」（壓倒性地少）這種說法正確嗎？

「圧倒的」的原義是「遠勝於其他事物／凌駕於其他事物」，所以通常會說成「圧倒的に強い」、「圧倒的な勝利」、「圧倒的な人気」這種正面說法。

雖然偶爾會出現「反対意見が圧倒的に多い」（反對意見壓倒性地多）這種負面說法，但這句話的「圧倒的」一樣是為了形容「反對意見」在數量上遠高於贊成意見，由此可知，用於形容數字或數量遠高於其他事物是「圧倒的」最早的意思。

或許也是因為這樣，「圧倒的に少ない」這句話才會讓人覺得怪怪的，而在這種情況下，是可以將「圧倒的に少ない」換成「遥かに少ない」（遠少於……）這種說法的。

不過在日常生活之中，還是很常聽到「圧倒的に不利な状況」或「圧倒的に不便だ」這種說法對吧？這種說法之所以會普及，有可能是因為「遠勝於其他事物」的意思在經過漫長歲月之後，演變成「力量有明顯差距」的意思，而且在某些字典之中，「圧倒的」也只有「高人一等的」、「無與倫比的」這種解釋。

盡管「圧倒的」的用法已隨著時代改變，但還是希望大家能夠知道，它原本只用來形容「較為優異的事物」這件事。

同樣只有正面意義的詞彙還有「指折り」，也說成「屈指」，有事物出眾的程度屈指可數的意思，例如「放眼日本，也是屈指可數的師傅」、「屈指可數的名勝」都是常見的說法，但不會用在「屈指可數的壞人」或「屈指可數的騙子」這種負面意義的說法，這時候通常會說成「悪名高い」。

建議大家在使用一些形容程度的詞彙之前，先了解這些詞的本義，才不至於讓別人覺得你的話聽起來怪怪的。

明明是穿在鞋子裡的襪子，卻說成「靴下」？

穿鞋子的時候，通常少不了穿襪子，但明明是穿在鞋子裡面，為什麼會說成「靴下」呢？

我們認知的「下」是以地面為基準，垂直往上的方向稱為「上」，反之則稱為「下」。若以身體而言，腰部以上為「上半身」，腰部以下稱為「下半身」，就連套裝也有「上下一整套」的說法。雖然「下」有位置較低的意思，但也有「被包住的部分」或「物品的內側、裡面」的意思。所謂的上與下，不單指位置高低，若以衣服來看，靠近肌膚的內側稱為「下」，朝向外側的稱為「上」。

最常見的例子就是「下着」（內衣）的說法。由於內衣是位於衣服內側，較貼身的衣物，所以在日文會說成「下着」，而「靴下」的「下」也是鞋子的內側，最接近腳部肌膚的位置，所以襪子才會說成「靴下」。其實就連「上着」也是同樣的道理，與其說「上着」是上衣，不如說是位於身體最外側的「外衣」。和服也是，綁在最外面的腰帶稱為「上帯」，綁在內側的腰帶則稱為「下帯」。

話說回來，古早的萬葉時代也有從腳趾包到腿部，類似襪子的衣物，稱為「下沓」（したぐつ、しとうず），是由多塊布料縫製而成，之後又出現類似分趾襪的「足袋」，但一樣是以布料或皮革縫製而成。具有伸縮性的現代襪子則是於江戶時期從外國傳入日本的。

據說日本第一個穿襪子的人是水戶大老德川光圀。一九五九年時從光圀公的收藏品發現了與現代襪子一樣的物品，被稱為「メリヤス（莫大小）足袋」，很有可能是由手工編織的，而且連表面的花紋都是手工編織，在當時堪稱時髦。

「メリヤス」的意思是用棉線或毛線編織的織品，語源是葡萄牙語的「meias」或西班牙語的「medias」，而這兩個語源直譯就是「襪子」，所以早在江戶時代，襪子就被稱為「メリヤス」了。

相較於以布料縫製的襪子，メリヤス的襪子極具伸縮性與彈性，完全可說是劃時代的產品。沒想到再熟悉不過的「靴下」還有這番歷史啊。

「風上にも置けぬ」為什麼不說成「風下」呢？

「那傢伙真是臭不可聞的混蛋！」（あいつは風上にも置けぬやつだ！）

「風上にも置けぬ」是用來罵人卑劣的話，早在江戶時代就已經出現。所謂的「風上」當然是風吹來的方向，也就是上風處的意思，因此這句話是形容「卑劣的人站在上風處，站在下風處的人就會受害」的情況。

不過，「風上」還有堪為他人模範的意思，所以有時腦海才會閃過「該說成『風上にも置けぬ』還是『風下にも置けぬ』呢？」的疑惑。

此外「風上にも」的「も」也是令人在意的點。

日本作家清水義範認為這句話的「も」是用於強調的「も」。

例如「下へも置かぬもてなし」這句話的意思是「款待他人之際，不可使其坐於下位」，其中「へも」的「も」與「風上にも」的「も」一樣，都是用於強調的助詞。

話說回來，大家對「波紋を投げる」（提出令各界迴響的問題）或「波紋を呼ぶ」（掀起影響身邊或世界的波瀾）這類說法有什麼感覺？似乎有些人覺得這類說法怪怪的。

「波紋」指的是將東西丟進水中之後，在水面產生的漣漪，所以在日文裡，通常會與「広がる」、「生じる」或「描く」這類動詞搭配，也很常說成「業界に波紋が広がる」這種比喻式的說法，換言之，就是用來形容因為某事造成周圍遭受衝擊的詞彙。

那麼為什麼會有人說成「波紋を投げる」呢？其實這是因為將「反響を呼ぶような問題を投げかける」（丟出造成各界廣大迴響的問題）的比喻與「一石を投ずる」（朝水面丟入一顆石頭）的說法混為一談的結果。看來是因為石頭與波紋之間，有著非常緊密的關聯性，才會出現「波紋を投げる」或「波紋を投ずる」這種說法。

其實「波紋を呼ぶ」也有「反響を呼ぶ」這種似是而非的類似說法。雖然也有字典收錄了「波紋を投ずる」這種說法，但還是有不少人覺得「波紋を呼ぶ」這種說法很自然，說不定這種說法今後也將慢慢普及。

「友達たち」的說法很奇怪？

大家聽說過「友達たち」這種說法嗎？

明明「友達」已經是複數名詞，怎麼還會加上代表複數的「たち」？有些人會有這樣的疑問。的確「達」（たち）是代表複數的詞彙，例如「私たち」，所以才不禁令人懷疑「友達たち」應該是一種冗義說法。其實早在《萬葉集》就有「達」（たち）這種說法，原本是只用來形容「天神、天皇、貴族的複數型詞彙」。

隨著時代過去，這個詞彙的敬意也跟著逐漸淡化，只剩下代表複數的意思，後來又出現「友達」這個比「友」（朋友）還婉轉的說法，而「友達」這個字本身的複數意義不太明顯，只留有淡淡的敬意而已，所以就現況而言，「友達」的使用方法幾乎與「友」相同。

其實這種使用方法早在平安時代就已經出現，例如《伊勢物語》就有「むかし、をとこ、あづまへ行きけるに、友だちどもに、みちよりいひおこせける」（早期，男人行至東國，便於當地寫信寄給友人們）的敘述。從這個句中的「友だち」後面接著「ども」這點可以得知這裡的「友だち」被當成單數名詞使用。

過去似乎也曾有以「友たち」與「友だち」區分單複數的狀況，但現在不管是複數還是單數都只說成「友だち」了。

話說回來，聽到「小鳥たち」或「名車たち」這種在一般名詞後面加上「たち」的說法，大家會不會覺得很奇怪？「たち」原本只用在身份高貴的人身上，所以基本上只能用在「人」身上，但翻開字典一看，居然也有「可用在擬人化的動物身上」這種解釋，所以「小鳥たち」或「猫たち」勉強還可以說得通，但用在非生物身上又是怎麼一回事？其實日語之中的「物品」原本沒有單複數的概念，所以不管是「一本の木があります」（有一棵樹）或是「たくさんの木があります」（有很多棵樹），都只會說成「木」（樹），但英文通常會說成「a tree」與「a lot of trees」，也就是會加上「s」用以區分複數名詞。

所以有可能是受到上述英語的影響，才會在轉換成日語的時候區分單複數。不過日語本來就有利用疊字表示複數的說法，例如「木々」、「山々」就是其中一種，但不會說成「鳥々」或「車々」，所以這個疊字規則也無法套用在所有單字上。因此，才會將只能用在人類身上的「たち」接在這類名詞後面，寫成「小鳥たち」或「名車たち」，用於區分複數型名詞吧，只是大部分的人應該還是覺得將「たち」接在非生物的名詞後面很奇怪吧。

讓法律用語變得更簡單易懂

日本的陪審團制度從二〇〇九年的春天開始。

對於沒有法律素養或是沒跑過法院的人，法律專業用語簡直與外國語無異。因此日本律師聯合公會於二〇〇四年創立了專案團隊，為了將法律專業用語修改成一般人也能理解的白話文召開會議討論，又於二〇〇八年春天根據上述的會議結果製作兩種版本的用語集，分別提供專家與一般人閱讀。之所以製作這本用語集，為的是幫助一般人和即將成為陪審員的人消除內心的不安，讓這些人可以安心地參與審判過程。

那麼這本用語集都收錄了哪些詞呢？比方說「みひつのこい」。這個詞的漢字可不是「密室の恋」，而是「未必の故意」（未必故意），意思是「行為人雖預見實際損害有可能發生，卻未有任何積極作為或任其發展」，這裡說的「故意」則解釋為「犯意」。

讀完上述的說明，應該還是覺得不太懂對吧？

由於殺人案這種惡性重大的案件，「有無殺意」往往是審判之際的爭點，務必要使一般人或是陪審員更加了解其定義，因此前述的用語集便認為在審判殺人事件時，應該針對「未必の故意」另作解釋或加上更具體的說明。

其他還有「員面調書」這種詞彙，指「在司法警察員（警官）的面前記錄犯人供述的審訊紀錄」。簡單來說，這就是警官在整理搜查相關供述的記錄，假設「員面調書」這個詞彙改成「根據警官的調查……」就更簡單易懂了。

此外，有些法律專業用語表面上與一般的生活用語相同，但骨子裡的意義卻大不相同。

比方說，生活用語的「事実」通常是「實情」、「真實」的意思，但在法院使用的「事実」卻是指「接下來要討論的事情」，而「公訴事實」是「檢察官指控的事件要點」，與口語的實情或真實無關，也是為了釐清這個「事實」才開庭審判。

這種意思不同於常識的詞彙往往很難換句話說，所以才需要詳盡地說明，以免招致誤會。要是艱深的法律用語能改以日常生活的語彙解釋，即將擔任陪審員的人也應該會比較安心吧。

第6章 季節輪轉、語言也輪轉

初夢是？一富士、二鷹、三茄子

初夢是何時做的夢？每個人對於這個問題的回答恐怕都不一樣吧。

直到江戶初期之前，都認為在除夕夜做的夢是初夢，進入江戶中期之後，人們習慣在除夕夜不睡覺，所以初夢就變成在元旦之夜做的夢。此外，也有一說認為所有的事情都是在一月二日開始的，所以這天晚上做的夢是初夢。或許只要是在一年之初所做的夢都可以算是初夢，而「一富士、二鷹、三茄子」則被認為是最好能在初夢夢見的吉祥物。

為什麼是這三樣呢？目前似乎未有定論。

一說認為是依序列出吉祥物。富士山有「廣大」之意，老鷹則有「抓取」的意思，而茄子則有「萬事如意」（事を成す）（註1）的意思。

另一說則認為是依序列出駿河國（註2）名產，而這些都是當時天下霸主德川家康自豪的駿河名產。據說德川家康在遠眺富士山的時候，喜歡放鷹狩獵，也喜歡吃茄子，所以這三樣事物才會成為初夢的吉祥物。

其實接在這三項事物後面的駿河國名產還有「四扇」（よんせん、しせん）、

註1：「事を成す」的發音為「ことをなす」，與茄子（なす）諧音。
註2：日本古代令制國，為現今靜岡縣中部與東部一帶。

「五煙草」。「末広がりの扇」（末廣之扇，狂言的曲名）是於跳舞慶祝喜事之際使用的小道具，能升起「裊裊燻煙」的煙草則有炒熱酒席氣氛，讓氣氛圓滿融洽的意思，所以這兩樣會在喜慶登場的東西才被視為吉祥物。

第三種說法是依照位置高低排列駿河之物。富士山的標高為三七七六公尺，而二鷹的鷹並非禽類的老鷹，而是立於富士山東南方，標高一五〇四公尺的「愛鷹山」，那麼茄子又做何解釋？其實這裡指的是當年度首次採收的茄子之價格，而不是所謂的高度。要在冬天種植夏季當令的茄子非常困難，需要耗費大量心力，所以句中的茄子有首次採收的茄子太貴，平民老百姓高攀不起的意思。據說首次採取的茄子都會遠從駿河送至將軍家，是非常珍貴的貢品。

其他似乎還有與「報仇」有關的說法。

從「一富士、二鷹、三茄子」這句俗諺在江戶時期就已普及的這點來看，它應該與德川的治世息息相關，說不定是因當時的江戶百姓想與掌權者德川家康沾上一點邊，才將心願寄託在初夢，這句話就此流傳至今。說它是象徵江戶的一句俗諺也不為過。

話說回來，大家的初夢都會夢到什麼呢？

情人節 愛的根源

二月十四日是情人節。

可知道，情人節原本是什麼節日嗎？

雖然目前尚無定論，最廣為人知的就是情人節原本是為了記念瓦倫泰神父的紀念日。當時的羅馬嚴禁士兵結婚，但瓦倫泰神父還是為一對男女偷偷地舉辦了結婚儀式，而最終被皇帝得知，瓦倫泰神父也因此被處決。那天是西元二七〇年左右的二月十四日，所以便將二月十四日訂為瓦倫泰日（情人節）。

之後為了記念這天，戀人與朋友會交換卡片或是禮物，但是到了現代，變成男女互相告白，表達愛意的日子。

有鑑於此，接下來想要研究一下「愛」這個詞彙。

早在奈良時代，「愛」這個單字就已經出現，連《萬葉集》也有「愛無過子（愛すること子に過ぐることなし）」＝「沒有任何事物比我對孩子的愛更甚」。所謂的「愛」，原本是親人之間互相關懷，疼愛彼此的行為，並不是男女之間的戀情。

此外，佛教的「愛」則有「貪戀事物、執著」這類否定的含意，常被視為人類陷入迷惘的根源，也就是所謂的煩惱，而且從鎌倉時代至明治時代，「愛」這個字幾乎都是這類意思。

但是進入明治時代之後，「愛」的意思再次產生變化，這主要是因為西方的思想進入日本，英文開始翻譯成日文所導致。「love」這個字一開始被譯成「いつくしみ」（仁慈）與「好む」（喜愛），後來才漸漸地演變成現在的意思，於是西方的神與人之間的「love」，或是人與人之間的「love」也因此都翻譯成「愛」，而代表男女之情的「愛」則是在明治時期之後才定型。

看來「愛」在不同時代的定義都不一樣啊。

「天地無用」是指天與地無用武之地的意思嗎？

每年四月，都有許多人準備搬家，迎接新生活，但大家有看過搬家紙箱上面寫著「天地無用」這四個大字嗎？

如果是不能顛倒著放的行李，才會寫著這四個大字，但是「無用」的意思是指「不干天與地的事」，所以才會有些人覺得倒過來放也沒關係吧？

到底「天地無用」是個什麼樣的詞彙啊？

「天地無用」這個四字成語是由「天地」與「無用」這兩個單字組成，是日文特有的成語，一說認為這個成語是在日本近代物流業起步的明治時代普及。

所謂的「天地」就是「上下」的意思。而後續的「無用」則主要分成下列三大種意思。

①沒用、多餘
②不該做的事、被禁止的行為
③沒有特別事項

「天地無用」的「無用」是②禁止的意思。換言之，「天地無用」是在告誡「不可將天擺成地」，同樣將無用當成②禁止的例子還有「口外無用」，就是「此事不可說出口，不可外洩」的意思。

①的沒用、多餘的意思可用在「無用の長物」（多餘的冗物）這類單字。

③的意思也有「無用の者（閒雜人等）立ち入り禁止」（閒雜人等禁止入內）這類說法。

那麼「心配無用」、「問答無用」又該當如何？

其實這兩種說法的意思分別是「不需要擔心」與「不需討論」，所以有些字典的解釋是①的意思，有些字典則解釋成「不可擔心」、「不可議論」，也就是②的禁止之意。

原來「天地無用」的「無用」是禁止的意思啊。

還請大家千萬不要把紙箱倒過來放。

但這個單字的字面意思，似乎與原本的意思有點出入，所以有些宅配業者為了容易理解，已經改貼「此面朝上」或「不可倒置」這類標籤了。

趁著黃金週回実家很奇怪嗎？

「大家都怎麼利用『超長連假』呢？應該有不少人選擇回『実家』吧？」

大家有聽過這種說法嗎？

NHK通常是說成「超長連假」（大型連休），而不會說成「黃金週」。其實「黃金週」是源自電影業界的說法。一九五一年五月初，電影【自由學校】爆紅。在此之前，新年與盂蘭盆節是電影最賣座的時候，但這部電影卻在五月創造了極佳的票房，所以電影業界便仿效廣播業界將收聽率最高的時段稱為「黃金時段」，而將五月這段連假稱為「黃金週」（Golden Week）。

之後雖然黃金週這種說法也慢慢普及，但NHK這邊認為黃金週是電影業界的宣傳用語，而且有些人也因為不能在這段時間休假而不認同這種說法，也有些人對外來語很反感，所以才選擇「超長連假」這種說法。

那麼如開頭所述，應該有不少人是趁著「超長連假」回実家省親的吧。

其實「実家」這個詞原本是只在早期的婚姻制度使用的詞彙。舊民法（明治二十九年，1896）第七三九條規定「因婚姻、領養而進入他家戶籍者，可因離婚或斷絕關係而回歸実家戶籍」，換言之，女性會在結婚之後入籍男方家，所以娘家就稱為「実家」。現代的話，夫妻會在結婚之後登記新的戶籍，所以「実家」只有「出生的家」這個意思。

此外，與回家省親（帰省）相近的詞彙還有「里帰り」這種說法。這個詞彙原本是「結婚後，女性於三至五天之內第一次回老家探親」的意思，但在現代已經被擴大解釋，許多人都把它當成是「暫時回故鄉」的意思。

再者，最近也出現對物品使用「里帰り」的說法，例如「江戶時代的浮世繪在百年之後，從倫敦回到故鄉」這種比喻式的說法。雖然不能說這種用法是錯的，但說不定有些人會覺得這樣講很奇怪。

這應該算是老詞彙擁有新意義的例子吧。與女性有關的詞彙產生如此明顯的變化，也代表現代的女性在社會上更加活躍，亦是男女平權的概念於社會普及的證據吧。語言的意思也會隨著生活型態與時代變遷呢。

為什麼換季是在六月一日呢？

學校或公司這類設有制服的地方通常一年會「換季」（衣替え）兩次，而且通常是選在六月一日與十月一日這兩天。

一年「換季」兩次的習慣早在平安時代就已經存在，而當時是將「換季」稱為「更衣」，訂在舊曆四月一日與十月一日舉行。由於這是宮中的例行活動，所以除了衣服會換季，榻榻米、簾子以及其他生活用品似乎也都會跟著換季。到了江戶時代之後，幕府便規定這項宮中例行活動一年舉行四次，也因此普及於武士與平民階級。和服的種類也隨之多樣化，以便在不同的季節換穿不同的和服。

舊曆四月一日會先換掉有內襯的「袷」，接著於五月五日換成沒有內襯的「帷子」或是「單」，到了九月一日又換回「袷」，到了九月九日再換上在外襯與內襯之間塞入棉花，也就是有「內裡」（綿入れ）的衣物過冬。

接著又在四月一日從有內裡的服裝換成沒有內裡的春裝。為此，才出現漢字寫成「四月朔日（＝四月一日）」，讀音卻讀成「わたぬき」（綿抜き：去除棉花）的名字。

不過這種換內裡的換季活動到了明治維新時代之後，也變得不太一樣。當時是洋服逐漸取代和服的時代，明治政府也規定政府官員、軍人與警官必須換穿西式制服，也規定了制服的換季時期。之後又因為從明治六年（1873）一月一日採用新曆（陽曆），所以規定新曆的六月一日至九月三十日需著夏季服裝，十月一日至隔年的五月三十一日必須換穿冬季服裝，這項規定後來延伸至學生的制服，一般企業也群起效尤。

不過讓人疑惑的是，明明舊曆是在四月一日換穿夏季服裝，為什麼陽曆會定在六月一日呢？這似乎是因為在舊曆改成陽曆之後，一整年的活動也跟著調整日期的影響。

此外，六月大約是一整年中間的時間，從古至今，都被視為一年的重要轉捩點，也會選在這時候舉辦各種活動，其中包含蛇會在舊曆六月一日脫皮的傳承，在新潟或長野一帶還會舉辦「衣ぬぎ朔日」這項活動。有的地區會祭拜貴為水神的蛇、有的地區會沐浴淨身，也有祈求稻穀順利成長的地區。或許正是因為這些地區的風俗習慣，才將六月一日定為「換季」的日子吧。

不過最近因為地球暖化的影響，很難在六月一日這天換季，所以就算是設有制服與換季規定的地方，也會另增但書，方便視情況換季。看來傳統的風俗習慣很有可能會隨著時代而慢慢消失吧。

為什麼七夕要讀成「たなばた」呢？

七月七日是「七夕」。

七夕與桃之節句一樣，都是「五節句」之一，由於活動是在七月七日的夕日時分舉辦，所以才寫成「七」+「夕」，但為什麼「七夕」要讀成「たなばた」呢？

其實七夕本來讀成「しちせき」，是源自中國古代牽牛星的彥星（牛郎）與織女星的織姬（織女）因為被銀河阻隔，一年只能相會一次的浪漫傳說，所以也被視為祭祀星星的日子。此外，織女星為主司裁縫與習字的星星，所以許多人都會在這天獻上供品，以求裁縫與寫字的技藝得以精進。之後這項習俗便傳入日本。

不過，古代日本也有極為類似的活動，也就是在舊曆七月農耕需水灌溉的時期，少女為了取悅水神，會紡織神聖的織品獻給水神，稱為「たなばた」的民間信仰。漢字寫成「棚機」，「棚」為「神棚」（供桌），「機」為「機織」，讀成「はた」。

於「たなばた」登場的「水」與「織物」，恰巧與中國傳入的「七夕」（しちせき）的「銀河」與「裁縫」呼應，所以漢字的「七夕」才會讀成「たなばた」。

在日本人心中，說到七夕就會想到在短箋寫上詩歌或心願，然後將短箋綁在竹葉上的活動。一般認為，這個風俗習慣是從江戶時代傳入民間的。

而且還有相關的歌謠喲。「五色的短箋～我寫囉～」（五色の短冊～私が書いた～）。其中的「五色」是指「青、紅、黃、白、黑」這五種顏色，源自中國自古以來的「五行」之說。中國的五行認為萬物皆由「木、火、土、金、水」這五個元素組成，與這五個元素對應的就是前述的五種顏色。早期會在竹葉掛上這五種顏色的絲線或布料，但布料太昂貴，所以後來便以短箋代替。也會以墨汁書寫上各種心願，但若寫在黑色短箋上面會看不出寫了什麼，所以後來便將黑色短箋換成紫色短箋。

陽曆的「七夕」正值梅雨季節，彥星與織姬應該很難相會，所以有些地區會故意推遲一個月，選在八月七日或是舊曆的七月七日舉辦七夕祭。

今年的七夕，大家準備許下什麼願望呢？

中秋賞佳月的方法

九月是中秋節的季節，在日本又稱「十五夜」。每逢此時，空氣特別地澄透，也能欣賞皎潔的明月，所以舊曆八月十五日正是賞月的好時機。這項風俗習慣最早是於平安時代從中國傳入日本的貴族之間，之後傳入民間，成為感謝豐收的慶典。

到了江戶時代之後，平民百姓似乎也有賞月的相關活動。江戶時代的風俗誌《守貞漫稿》描寫了當時的人們賞月的方法。例如會獻上糯米糰子做為供品，相關的原文如下。「江戸ノ団子ハ……正丸ニテ、素也。……京坪ニテモ……団子ヲ盛り供スコト、江戸ニ似タリ云えども、其団子ノ形、……小芋ノ形チニ尖ラス也」上述原文的意思是「江戶的糯米糰子呈正圓形，沒有任何裝飾，但京阪的糯米糰子則長得像尖尖的小芋頭」。

由於這個時期正值芋艿的收成時期，所以「十五夜」又被稱為「芋名月」。雖然都是賞月，但各地的風俗似乎有些出入，例如江戶會以蘆葦裝飾，京阪一帶則沒有這種習慣。

此外，「十五夜」之後的一個月，也就是舊曆的九月十三日，也因此時月色皎潔，而有賞月的風俗習慣，而這天晚上就稱為「十三夜」，又稱為「栗名月」或「豆名月」。在《守貞漫稿》也有「必ラズ、九月十三日ニモ再行テ……不為之片月見ト云テ、忌ムコトトス」的記載，意思是「慶祝十五夜之後，若不連同十三夜一併慶祝，就是只看了半邊月亮的『片月見』，是件不太吉祥的事情」，可見那時候一年會賞月兩次。

話說回來，平安時代的賞月風氣似乎更盛。平安時代的人們擔心十五夜因多雲或下雨而無法賞月，因此在十五夜的前後幾天也都會賞月。

前一天的十四日稱為「待宵月」（まつよいづき）。「待宵」有「等待該來之人的夜晚」之意，所以待宵月就是「等待隔天佳月的深夜之月」的意思。十五夜隔天的十六日則因月亮露面的時間較晚，感覺月亮有點遲疑要不要出現，所以又稱為「十六夜月」（いざよいづき）（註）。到了十七日，月亮露面的時間更晚，但許多人還是會站著等待，所以這晚的月亮又稱為「立待月」（たちまちづき），一說認為有「立刻」之意的「たちまち」就是源自於此。十八日則因月亮更晚出現，大家也會坐下來等而稱為「居待月」，十九日的月亮則會在大家睡得有點熟的時候出現，所以稱為「寢待月」。

古代人還真是賞月賞到心滿意足為止啊，希望我們也偶爾抬頭看看夜空，欣賞月亮的盈缺吧。

註：「いざよい」有猶豫、躊躇之意，故將較十五夜的月亮更晚出現的十六夜月亮稱為「いざよいづき」。

又到了吃尾牙（忘年會）的時候了！

為了忘記這一年的辛勞，所以才將年底舉辦的宴會稱為「忘年會」對吧。

話說回來，「忘年」原本是「忘記自己的衰老」、「不在意年齡差距」的意思，與現代的意思不太一樣。至於「忘年之交」（忘年の交わり），是指「年齡雖有落差，感情卻很好的朋友」，「忘年之友」則是「無關年齡高低的朋友」，因此若從「忘年」的原義來看，「忘年會」應該是與不在意年齡差距而結交的朋友相聚的宴會。

據說原本在年底舉辦的是「年忘れ」，在室町時代是年底詠唱連歌的活動。現在這種飲酒慶祝的形式是源自江戶時代的家庭（庶民）活動，當時的人們會與家人、親戚聚在一起，透過宴會慰勞彼此這一年來的辛苦，與祈求新的一年萬事如意。

到了明治時代之後，這項家庭活動就演變成政府官員在領了獎金之後，在年底盛大舉辦的宴會，而這時候的文獻已經出現「忘年會」這種用詞，可見「忘年會」的稱呼當時已經普及。

有些人一聽到「忘年會」就會立刻聯想到「卡拉ＯＫ」對吧？有一個說法與「卡拉ＯＫ」淵源極深，那就是「歌のさわり」，但這個「さわり」又是什麼？具體來說，是指歌曲的哪個部分呢？

這個「さわり」的意思是「最好聽，最美妙的部分」，源自日本國樂之一的《義太夫節》會採用其他歌曲的旋律，進而特別突顯這個部分，而這種「接觸」（さわる）其他歌曲的行為就被稱為「さわり」。

話說回來，日本文化廳於二〇〇三年舉行的「國語普查」調查了「『話のさわりだけ聞かせる』的さわり意指何處」這個問題之後，約有六成的人回答「是整段話最開頭的部分」，只有大約三成的人能夠選出「整段話的重點」這個正確答案。

我們最常聽到的是與原義不同的意思對吧？這或許是因為「触る」這個動詞常給人「稍微觸及」（ちょっと触れる）的印象，所以才會有這麼多人以為「さわり」是指整段話的開頭。

不論如何，真的希望大家不要在慰勞一整年辛勞的忘年會上說錯話啊。

蘊藏於年菜的各種期待

說到新年，就少不了「年菜」（おせち料理）。

在日本，「年菜」是一種「節會料理」，源自於季節更迭之際的節供（節句：節慶之意）端上桌的料理，而在這個「節會料理」的開頭加上美化語的「お」，就成為我們熟知的「年菜」（おせち料理）。另一說認為，在節慶端上桌的料理稱為「せちく」，在開頭加上「お」，讀成「御節供」之後，又演變成「おせち」這種發音。

其實「おせち料理」本來不是只在新年吃的年菜，但因為新年是最重要的節慶，而且也常常需要宴客，所以才會演變成「おせち料理」等於年菜這種說法。

新年是迎「歳神様」的活動，「歳神様（又稱正月様）」是允諾來年豐收與家人健康的神明，所有的新年裝飾都是為了迎接這位神明的物品，「おせち料理」當然也是其中之一。人們會懷著感恩之情將「おせち料理」獻給歳神様再一起分享這些供品，而這種人與神明吃相同的食物，與神明合而為一的儀式則有「神人共食」的重要意涵。

在早期，「おせち料理」是在除夕夜享用的料理。雖然現代是以二十四小時劃分一整天，但過去是將日落視為一天的尾聲，也代表新的一天準備開始，所以會在除夕的日落之時迎接新年。

到了江戶末期之後，在除夕吃「おせち料理」的風俗演變成吃「過年蕎麥麵」（年越し蕎麦），但現在似乎還有些地區保有在除夕吃「おせち料理」的習慣。

「おせち料理」基本上是三道菜，稱為「祝肴」（祝い肴）或「三肴」（三つ肴），東日本的「おせち料理」會是「黑豆、鯡魚卵、炒小魚乾」，西日本則會將黑豆換成「用擀麵棍拍打過的牛蒡」。

這些食物各有不同的象徵意義，例如「黑豆」有祈求黝黑健康，勤勉工作之意，「鯡魚卵」則有開枝散葉，多子多孫的含意，至於炒小魚乾的讀音為「ごまめ」，漢字寫成「五萬米」，有祈求五穀豐收的意味。此外，小魚乾在早期是肥料，所以漢字又寫成「田作り」。用擀麵棍拍打過的牛蒡也是五穀豐收的意思。在江戶時代，牛蒡相對便宜，一般百姓也比較容易購得，所以只要有牛蒡就能度過新年。

其他還有金黃色象徵財富的「栗金團」或是象徵長壽到腰都挺不直的「蝦子」，以及帶有「喜悅」（よろこぶ）之意的「昆布捲」（こぶまき），在古代，

昆布捲讀成「廣布」，有「撒播喜悅」的含意。伊達卷則是因為比一般的玉子燒更加好吃，外觀也更加豪華，所以才在象徵「華麗而富有風情」的「伊達」加上代表「結緣」的「卷」，藉此祈求家庭和睦。魚板（かまぼこ）則是因為成形之後的形狀與日出很相似，所以是祝賀新生活啟動必備的吉祥物。

一般認為，「重箱」（註）以四層較為正式，而盒子菜色以奇數道為吉祥，但現代已不再如此講究，每個家庭都能以自己的形式準備菜色與許下心願，迎接美好的一年。

註：放年菜的盒子，會疊成很多層，所以稱為重箱。

第7章 不知該如何讀寫

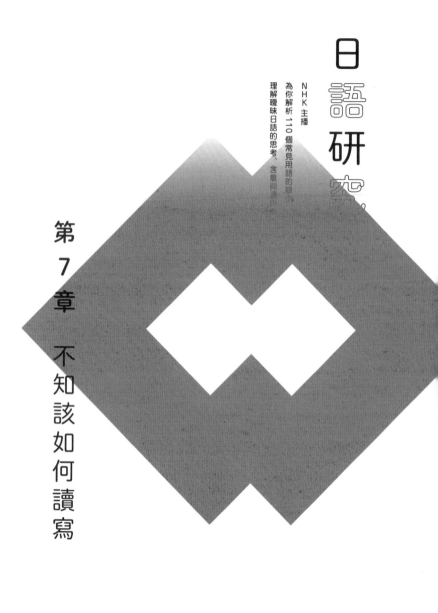

「いっかげつ」該怎麼寫？

用電腦輸入「いっかげつ」的時候，有許多漢字的選項可以選擇，例如「一か月、一カ月、一ヵ月、一個月、一箇月、一ケ月、一ヶ月」。

就「か」的部分而言，最常見的是平假名或片假名的版本，在大小寫方面，似乎最常見的是小寫，有時也會直接寫成「個」或「箇」的漢字，而這兩個漢字的意思都是「堅固的、一個東西」，也都有「コ、カ」的讀音。比方說，一こ二こ的時候，會把こ寫成「個」，「一箇二箇」的「箇」也讀成「こ」。「一か月」通常是一整個月的意思，其中的「か」可寫成「個」或是「箇」，但現行的常用漢字只將「個」讀成「コ」，箇則讀成「カ」，廣播節目或電視節目也不再使用「箇」，所以這個字也越來越少見。

那麼「一ヶ（ケ）月」的「ヶ（ケ）」又是怎麼一回事？其實這是「一箇月」的「箇」的簡寫，而不是片假名。一說認為「ヶ（ケ）」是「箇」的「竹字頭」部首，另一說認為是源自中國現在仍在使用的「箇」之簡體字「个」。

話說回來「ヶ」也讀成「が」，例如「関ヶ原」（せきがはら）、「霞ヶ関」

（かすみがせき）、「八ヶ岳」（やつがたけ）都是如此。関ヶ原的原義是設置關隘的平原，所以讀成「せきがはら」，而八ヶ岳則是有八個山峰的意思。有些江戶時代的文獻將「関ヶ原」寫成「関原」，所以「が」這個字沒有任何意思，只是為了幫助理解才寫成有「ヶ」的「関ヶ原」。

不過，為什麼要加「ヶ」呢？

其實正月「さんがにち」寫成「三箇日」，而「箇」=「ヶ」，所以有時也寫成「三ヶ日」，因此輔助理解的「が」才會以「ヶ」代替。

不過「ヶ」終究只是簡寫，是個符號，所以越來越多人將「ヶ」改寫成平假名的「が」，比方說，「自由ヶ丘」這個地名就於一九六五年改成「自由が丘」，地名「霞ヶ関」則於一九六七年改成「霞が関」（不過，「霞ヶ関」這個站名還是維持原樣）。

看來「ヶ」這個符號慢慢地改變成大家都看得懂的「平假名」版本了。

是「味あってください」還是「味わってください」？

雖然有點冒昧，但在此要先問大家一個問題，那就是大家是說「味わわせる」還是「味あわせる」呢？這個動詞的原型是「味わう」（あじわう），所以「味わわせる」才是正確的說法。

為了得知大家都怎麼使用這個動詞，特地針對來NHK Studio Park遊玩的五十位遊客進行了問卷調查。結果回答「味わわせる」的有十八人，回答「味あわせる」的有三十二人，回答「味あわせる」的人數佔多數，或許是因為「わわ」這種疊音不容易念，所以大部分的人才讀成「あわ」吧。

「味わう」是歷史悠久的詞彙，早在奈良時代成書的《日本書紀》就寫成「あじはひ」，平安時代的《古本說話集》也有「味はひの甘きことがぎりなし」的記載。但是在鎌倉時代末期成書的《寢覺記》（彰考館本）又有「くちにあぢあふ所をばなむべからず」的敘述，而其中的「あぢあふ」則讀成「味あう（あじあう）」」。

由上述的情況可以發現，「味わう」與「味あう」一直以來都是互通的單字，而且類似的情況也很常見，例如「にぎわう→にぎあう」、「かわいい→かあい い」、「かわいそう→かあいそう」，都是將「wa」的發音誤讀成「a」的發音。這或許是因為「wa」的發音需要張大嘴巴，所以才略過「kawai」的「w」。

以「場合」這個單字為例，最正確的念法是「ばあい」，但一不小心就有可能會念成「ばわい」，可見「わ」與「あ」是非常容易混淆的發音，而且在聊天的時候，也不一定能聽出兩者的差異，所以寫成文字的時候，偶爾有那麼一瞬間產生「咦？哪個才是對的？」的疑惑，尤其手機與電腦已經非常普及，大家應該都有過輸入文字之後，沒辦法正確轉換成漢字的經驗吧？

坊間也有一說認為「味わう」的語源是「味」+「合う」。「味あう」目前可說是「積非成是」的狀態，但大部分的字典都視「味あう」為誤用，所以一般來說，「味わう」才是正確的。

雖然語言常會朝方便使用、容易發音的方向發展，但也不能就此忘掉正確的說法，而且有許多單字也是在重新檢視之後，才發現誤會大了。

是「傘をすぼめる」還是「傘をつぼめる」？

若逢梅雨時期，通常得帶傘外出。

日文有「傘をすぼめる」與「傘をつぼめる」這兩個相似的詞彙，但它們兩個到底哪裡不一樣呢？

根據日本文化廳的《語言問答集》所述，「傘をすぼめる」是「縮小傘面的動作」，而「傘をつぼめる」則是「收傘的動作」。舉例來說，遇到強風或是準備穿越人潮時，通常只會「稍微收起傘面」這時候的動作就該以「すぼめる」這個動詞描述，把傘完全收起來的動作才會使用「つぼめる」這個動詞。

接著讓我們一起了解這兩個單字的來龍去脈吧。

「すぼめる」的語源是「すぼむ」，意思是「物品越到末端，越是變得細長」，例如「裾がすぼんだズボン」（褲腳收緊的褲子）就是其中一種說法。反觀「つぼめる」的語源是「つぼむ」，「つぼむ」的語源則是容器的「つぼ」

（壺），所以原義是「像壺一般，口徑縮小的物品」，後來才衍生出「打開的容器閉合」的意思。花朵的「つぼみ」（花蕾）也是同一個語源。大家應該都知道花蕾是閉合的吧。

雖然「すぼめる」與「つぼめる」的意思只有一線之隔，但是「つぼめる」在「閉合」的意思上面，還有兩個不同的意思。

以跟「口」有關的動作為例。「口をすぼめる」是嘟嘴的動作，但「口をつぼめる」則反過來，是讓嘴唇往後用來縮緊的動作（抿嘴）。

此外，套用在「肩膀」或「身體」這兩個部位也有不一樣的意思。例如日文有「肩をすぼめる」（因為覺得冷或害怕而肩膀內縮的動作）或「身をすぼめる」（將身體縮成一團以避人耳目的意思）這類說法，卻沒有「肩をつぼめる」或「身をつぼめる」這種說法。

由於嘴巴可以閉緊，所以「すぼめる」或「つぼめる」都是可套用的動詞，但肩膀與身體沒有「閉合」的動作，所以只能套用「すぼめる」這個動詞。

由此可知，即使是很常使用的單字，只要重新檢視一番，往往會發現一些平常難以察覺的差異喲。

年中行事的「中」該念成「じゅう」還是「ちゅう」呢？

大家看到「年中行事」這個單字，會念成「年ちゅう」還是「年じゅう」呢？其實念成哪邊都不算錯，因為後面是「中」的單字有些念成「ちゅう」，有些則念成「じゅう」，那麼這兩者有什麼不同嗎？

讀成「ちゅう」的單字似乎有下面這些意思。

①「空気中、海洋中這類單字」指在某物之內的意思。

②「授業中、相談中這類單字」指正在做某事，或正處於某個狀態的意思。

③「日中、四六時中這類單字」指的是在某個範圍之內或該範圍的意思。

假設將①寫成「空気中の酸素」，意思就會是「存在於空氣之中的氧氣」，而②的「授業中」有「正在上課」的意思，③的「日中」則有「太陽於天上高掛的期間」之意。

另一方面，讀成「じゅう」的詞彙有世界中、一年中這類單字。

讀成「じゅう」的時候，有「全世界」、「一年到頭」這種「在某個範圍之內或整個範圍」的意思，與「ちゅう」的③的意思相同，但也只有這個意思，所以意思為「一年從頭到尾的活動」的「年中行事」有可能讀成「年ちゅう行事」或是「年じゅう行事」。

不過，雖然兩種讀音都可以，但意思真的毫無出入嗎？

比方說，A「市内の学校中（ちゅう）、最も生徒が多い」與B「学校中（じゅう）が大騒ぎ」的意思有沒有什麼差異呢？

A的「ちゅう」是指在眾多學校之中的某間學習，也就是範圍之內的某一點，而B的「じゅう」則是指整間學校。

再者，「今週中（ちゅう）」與「今週中（じゅう）」又有什麼差異呢？

如果說成「今週ちゅうに提出する」，會有「在本週的某個時間點提出」的意思，言下之意就是範圍之內的某一點，但是「展覧会は今週じゅう、開かれている」則是「展覽將為期一週」的意思，指的是整個範圍或為期多久。

有些單字可以像上述的情況分類，有些則是例外，而且每個人的解釋也不盡相同，也不會邊想邊使用，所以這類詞彙才會這麼難釐清吧。

女生也算兄弟？

問別人「ご兄弟？」的時候，通常就是在問對方有幾位兄弟姐妹，所以不會特別說成「兄弟姉妹は？」這種說法。

「兄弟」、「姉妹」這兩個單字早在奈良時代就已普及，其中的「しまい」（姉妹）只代表「姐姐與妹妹」，但是「きょうだい」（兄弟）自古以來就是兄弟姐妹的意思，所以不管關係是兄、姐、弟、妹的任何一種組合，都可統稱為「きょうだい」。

室町時代的民謠如《玉井》將「姐妹」的關係寫成「兄弟」，而江戶時代的讀本《人情本》也將「姉妹」這個單字的發音標註為「きょうだい」。到了現代之後，「きょうだい」只寫成「兄弟」，但還是兄弟姐妹的意思，只有在需要特別強調的時候，才會說成「男きょうだい」或「女きょうだい」。

順帶一提，「兄弟」可讀成「きょうだい」、「けいてい」、「きょうてい」，而這三種讀音都是源自中文，其中的「きょうだい」則已成為日語之中最耳熟能詳的版本。

話說回來，早期的兄、弟、姐、妹的關係也與現代不同。

「兄」可讀成「あに、え」，讀成「あに」的時候，指的是「哥哥」，讀成「え」的時候，則是「哥哥或姐姐」，而「弟」可讀成「おと、おとうと」，指的是「弟弟與妹妹」。

另一方面，「姉」（あね）自古以來都是「姐姐」的稱呼，但「妹」這個字的發音原本是「いも」，若從男性的角度來看，這個稱呼「既是妹妹也是姐姐」。此外，男性也會以「妹」（いも）稱呼準備結婚的女性或是另一半。若從女性的角度來看，同性的朋友或是年紀比自己輕的女性也稱為「妹」（いも），不過隨著時間流逝，「いも」變成只在詩詞使用的詞彙，「いもうと」這種稱呼也正式登場，但從男性的角度來看，「いも」仍是姐姐或妹妹的意思。

自平安時代之後，「兄＝え」這種讀音就消失，自江戶時代開始，「おとうと」就是專指弟弟的意思，而「いもうと」則是專指妹妹的意思，到了現代之後，就形成「あに、おとうと、あね、いもうと」這種兄弟姐妹的稱謂，但早期還真是複雜對吧。

話說回來，兄弟（きょうだい）這個詞彙仍保留了古時候的色彩，一樣是兄弟姐妹的統稱。

明天要讀成あす還是あした呢？

大家看到「明日」會讀成「あす」還是「あした」呢？

自古以來，「明日」都讀成「あす」，直到現代都還是「隔日」的意思。在《萬葉集》之中，由柿本人麻呂吟詠的「明日香川　明日だに見むと思へやも　わが王の御名忘れせぬ」（就算只有明天能相見也無妨，又怎麼可能忘記與明日香川同名的明日香皇女之名）的「明日」也通常讀成「あす」。

其實「あした」的意思是「早上」，與「あす」是兩個完全不同的單字。

例如大家耳熟能詳的《海濱之歌》（浜辺の歌）（註）就有一句「あした浜辺をさまよえば～」的歌詞，這句歌詞也解釋成「早晨，在海邊徘徊」。順帶一提，第二段開頭的「ゆうべ」在現代雖是「昨夜」之意，但原本是「夜幕即將低垂」、「黃昏之時」的意思。

在那個連時鐘都沒有的時代，人們的生活作息與太陽息息相關。太陽西沉的夜晚時分就稱為「ゆうべ」，後來衍生出「よい」→「よなか」→「あかとき（あかつき）」這類說法，之後又將東方露出魚肚白，夜晚將盡的時刻稱為「あした」，

註：膾炙人口的日本民謠，1947 年收錄於中學生的課本「中等音樂」。

也就是現代人熟知的「清晨」（朝）。

其實日文裡面也有「朝」這個詞，但通常都是以「朝日」、「朝霧」這類複合詞彙的形式出現，如果單獨使用的話，就是「あした」的意思，有時「朝」也讀成「あした」。

後續到了鎌倉時代末期，「あした」開始被當成「夜晚結束之後的早晨、翌晨」的意思使用，後來又慢慢地普及為「隔天上午之前」、「隔天一整天」的意思，最後就變成現代的「隔天」之意。

因此，「明日（あす）」與「あした」就變成相同的意思。

江戸時代中期的國語字典《俚言集覽》有「あした朝也、又俗に明日をアシタと云」的記載，從中可以發現「あした」這個口語使用的單字也包含了「明日」這個意思，而現代的某些字典也有「あす是比あした較為正式的用語」這種解釋。

的確，小孩子通常會說「またあした~」（明天見）、「あした天気にしておくれ」（希望明天是晴天），但電視新聞通常會選擇使用「あす」，由此可知，較正式的場合還是比較常使用「あす」這種說法。

女王該念成「ジョーオー」還是「ジョーオー」呢？

我們很常聽到高爾夫球獎金女王或是花式溜冰女王這類冠上「女王」的用語。大家都怎麼讀「女王」這個詞？是讀成「ジョーオー」還是「ジョオー」呢？在日文裡，「女」這個字讀成「ジョ」，所以正確的發音應該是「ジョオー」這個在後面加上長音符號「ー」的版本，若標上注音，就會寫成「ジョオウ」吧。

可是有些人會把「女王」讀成「ジョーオー」。雖然字典只記載了「ジョオウ」，但是在電腦打字的時候，輸入「ジョウオウ」也能正確轉換成「女王」喲。因此我收集了「女子大、女醫、王女、女王、女王蜂、獎金女王」這些帶有「女」字的詞彙，上街詢問大家怎麼讀，結果發現年長男性較能正確發音。

話說回來，為什麼會有人念成「ジョーオー」這種長音呢？

一說認為「兩拍」的發音比較穩定。比方說，十二地支的子、丑、寅、卯……都是念成「ネー、ウシ、トラ、ウー」對吧？不是念成「ネ」而是念成「ネー」，而且連「七、二、一、五」這些數字也都是念成兩拍的「ナナ、ニー、イチ、ゴー」，發音才比較穩定。換言之，兩拍的發音比較穩定，也比較容易發音。

由兩個漢字組成的音讀詞也不一定全照漢字的發音讀，比方說「夫婦」就是其中一例。「夫」與「婦」拆開來讀的話，就會念成「フ」與「フ」，加在一起就變成「フフ」，不過念成「フーフ」的話，發音更穩定，也更容易深植人心。

其他還有很多類似的例子，例如由「詩」+「歌」組成的「詩歌」念成「シーカ」，「女」+「房」的「女房」讀成「ニョーボー」，「披」+「露」的「披露」念成「ヒロー」都是很好的例子。

目前已知的是，這些單字從江戶時代之前就是上述的讀音，而且歷史也很悠久，但是將「女王」讀成「ジョーオー」是最近才有的事，所以讀成傳統的「ジョオー」可能比較理想。

不過，之後如果越來越多人讀成「ジョーオー」，越來越多人見怪不怪，就有可能成為正確的詞彙，所以現在說不定只是過渡期而已。

まち與ちょう有什麼差異？

「～県○○町」的「町」大家是讀成「まち」還是「ちょう」？每個地區的念法都不同吧？不知道大家是否也有過這類煩惱呢？

這種地名的讀法都是由地方政府自行決定，所以其實沒有明文規定，但從全國的傾向來看，北海道除了「森町」之外，其他全讀成「ちょう」。大致上，東日本讀成「まち」，西日本則多讀成「ちょう」。不過，岩手或宮城這兩邊的讀法似乎有互相對立的現象，福岡、熊本、大分則以讀成「まち」的人居多，偶爾也會遇到例外。

東日本與西日本常在詞彙與文化上有些歧異之處，例如東日本將「味道鹹鹹的」說成「しょっぱい」，但西日本說成「からい」；東日本說的「いる」，在西日本則說成「おる」；至於鰻魚剖腹這件事，在東日本說成「背開き」，在西日本則說成「腹開き」，所以「まち」與「ちょう」的差異或許與東西用語差異也有很深的關係。

話說回來，「～市○○町」這種規模更小的町內會（類似台灣行政區的「里」），又是怎麼念「町」這個字呢？

以京都的先斗町為例，就是念成「ぽんとちょう」，但隔壁的木屋町卻讀成「きやまち」，所以也不是整個地區的讀音都會統一。

不過，有些地區會以漢字區分「ちょう」與「まち」這兩個讀音，比方說，在和歌山縣和歌山市會以「丁」與「町」區分「ちょう」與「まち」這兩個讀音，據說這是因為這個地區在過去將武士的居住地區稱為「丁」（ちょう），並將町人的居住地區稱為「町」（まち）。

和歌山市原本是江戶幕府御三家之一的紀州家城下町，這塊侍町（許多武士居住之地）後來被賞賜給底下的官員後，這些地區便稱為一番丁、二番丁，而西鍛治屋町、北桶屋町這些町人的居住地區也能從名稱看出端倪。此外，伊達政宗的大本營「杜之都仙台」也還有一些是綴上「丁」字的地名。

即使是「町」這麼日常的用語，特別挑出來研究，也能窺見相關的歷史脈絡，這是不是很令人玩味呢？

豬肉味噌湯會念成「ブタジル」還是「トンジル」呢？

每逢綿綿不絕的寒日總讓人想喝碗「豚汁」（豬肉味噌湯）袪寒，但大家都怎麼念「豚汁」這個字呢？是念成「トンジル」還是「ブタジル」呢？

NHK放送文化研究所曾於二〇〇〇年對此做過調查，發現念成「トンジル」的人佔百分之五十四，念成「ブタジル」的人佔百分之四十六。「トンジル」這種前半部音讀，後半部訓讀的念法稱為「重箱讀法」，在日語之中，這種讀法的單字並不多，所以大家對於「ブタジル」的讀音應該比較習以為常，但讀成「トンジル」的人其實也不在少數。

此外，就大致的傾向而言，讀成「トンジル」的人以年輕男性居多，讀成「ブタジル」的人則以女性或長輩佔多數。不同的地區似乎也有不同的傾向，比方說，除了北海道之外，東海、甲信越以東的地區通常念成「トンジル」，反觀北陸、關西以西一帶與北海道則習慣讀成「ブタジル」。

會有這種差異或許與東西雙方在肉品的消費上有關。一般認為，東日本以豬肉為消費大宗，西日本則以牛肉為主流。

在關西一帶，說到「肉」就會讓人想到「牛肉」，所以豬肉料理通常習慣命名為「ブタ○○」，比方說豬肉的大阪燒就會說成「ブタたま」，肉包則會說成「ブタまん」，或許就是因為這樣，才會有很多人將「豚汁」讀成「ブタじる」吧。

其實東日本與西日本在食物的命名上出現差異的情況還很多。

之前曾有讀者來信告訴我，「在大阪一帶，『チャーハン』（炒飯）都說成『焼きめし』」。在NHK放送文化研究所調查之後，的確得到東日本的「炒飯」在西日本說成「焼きめし」這個結果。如果在東日本使用「焼きめし」這個說法，有些地區會以為是「焼きおにぎり」（烤飯糰），所以這或許是為了避免造成混亂，東日本一帶才習慣將炒飯說成「チャーハン」吧。

其他還有很多類似的例子，例如「棉花糖」在東日本讀成「綿あめ」，在西日本則讀成「綿がし」。

似乎還有很多東西在東西日本的讀法不同。明明媒體已經這麼發達，標準語也如此普及，這種東西涇渭分明的詞彙居然還健在，真是有趣的現象啊。

「固執」是讀成「こしつ」還是「こしゅう」呢？

「固執」的意思是「堅持己見，毫不退縮的意志」對吧？但有讀者來信告訴我，他學到的「固執」是念成「こしゅう」而不是「こしつ」。

其實讀者學到的「こしゅう」才是「固執」最原本的念法。

一如「執着」（しゅうちゃく）、「執念」（しゅうねん）這類單字的讀音，「執」通常讀成「シュウ（シフ）」，但這個字若是在字首出現，有時會讀成「シッ」這種促音的形式，例如「執權」、「執行」，之後又從這個促音化「シッ」的發音衍生出「シツ」這種發音，所以將固執讀成「こしつ」的人也因此越來越多。

根據日本文化廳於二〇〇三年的調查發現，讀成「こしつ」的人約有百分之七十三點七，讀成「こしゅう」這個正宗發音的人只有百分之二十左右，可見「こしつ」這種讀法已經普及了。

「二人の間に確執がある」（兩人之間有爭執）的「確執」有「隔閡」之意，

原本的讀音也是「かくしゅう」，但現在通常讀成「かくしつ」。

其他還有類似的情況，比方說「異国情緒」的「情緒」（じょうちょ）原本也該讀成「じょうしょ」，因為這個讀音早在平安時代的文獻就已經出現，但是昭和時代的字典卻將「情緒」的讀音記載為「じょうちょ」。

「じょうしょ」之所以變成「じょうちょ」或許與明治時代的外來語有關。在當時，「情緒（じょうしょ）」是「emotion（情緒）」的譯詞，之後又為了翻譯「mood（氣氛）」一詞而創造了「情調（じょうちょう）」這個譯詞，或許正因為「情緒」與「情調」的意思十分相近，所以慢慢地人們便將「情緒」的發音讀成近似「情調」一詞的「じょうちょ」。

這個現象也已經過剛剛的文化廳調查證實。現在讀成「じょうしょ」這個原本讀音的人只有百分之十五，讀成「じょうちょ」的人則約有百分之八十二，可見「じょうちょ」這個後來衍生的讀法幾乎快要取代原本的讀音，也已經完全紮根。其他還有意思為「事物的切入點、著眼點」的「端緒」，這個單字在現代的讀音為「たんちょ」，但原本的讀音是「たんしょ」。

看來只要支持者夠多，非正宗讀音的單字也有機會普及啊。

赤與紅的差異是？

「赤」與「紅」在日語都讀成「アカ」，但兩者有什麼差異呢？

自古以來，這個讀音除了可寫成「赤」，還可寫成「紅、朱、緋、丹」這類漢字。上述這些漢字對應的色調其實略有差異，但為什麼統一讀成「アカ」呢？

其實「アカ」原本是明亮（あかし）、光輝燦爛的意思，與顏色沒什麼關係，後來色澤明亮的紅色系顏色才被稱為「アカ」，其中又以「紅」的「アカ」最為普及，指的是「鮮紅色、亮麗的顏色、鮮豔」的意思。到了萬葉時代，便出現以紅色用來比喻「如花一般的女性」的說法，例如「紅一点」的「紅」就是其中一種。「朱」是偏黃的紅，「緋」是深紅色，而「丹」則是紅土色。

不過現代說到「アカ」，大部分的人都只會想到「赤」吧？反倒是「紅」這個單字不一定會用來形容顏色的差異，例如紅白饅頭、紅白幕這種含有「喜慶之意」的「紅白」就與顏色無關，而且平安時代就已經出現這類使用方法。

到底為什麼會出現這種使用方法，其實目前未有定論，但在中國，「紅」這個帶有咒術意義的單字似乎被用來形容值得慶祝的事，「白」則代表葬禮，有「壽終正寢」的意思。一般認為，在這個民間信仰傳入日本之後，「紅白」一詞才具有歡慶之意。

此外，分成兩組競賽的時候，也會說成「紅白戰」對吧。之所以會說成紅白戰，是因為被視為日本首次紅白戰的「源平合戰」是以紅白旗區分敵我，其中的平氏為紅旗，源氏則為白旗，日本人會在運動會戴上紅白帽子分隊競賽，也是源自這個典故。

話說回來，這個帽子到底該稱為「赤白帽」還是「紅白帽」呢？

NHK放送文化研究所的調查指出，稱作「紅白帽」的人有百分之二十九，稱為赤白帽的人有百分之六十，而且地區的差異極為明顯，東日本、北海道、東北一帶幾乎都稱為「紅白帽」。之所以會將「紅」改成「赤」，有可能是因為昭和初期的小學工藝課將「紅」教成「赤」，所以年輕世代才都說成「赤白帽」吧。

就算都讀成「アカ」，還是希望大家能稍微了解一下對應這個讀音的漢字在顏色上有哪些差異啊。

明信片的收件人敬稱都寫什麼呢？

每到年末，就是忙著寄賀年卡的時候。大家在寫賀年卡的時候，有沒有煩惱過「收件人的後面到底該加上什麼敬稱」呢？

就常理而言，「樣」是不分男女與地位高低，用途最廣的敬稱，而「殿」則通常用在男性的同事或晚輩身上。

在過去，「殿」其實是敬意極高的詞彙，但是當「樣」這個敬稱在室町時代出現之後，「殿」的尊敬度就跟著下降，所以在使用「殿」這個敬稱的時候，必須先想想對方的身份，否則有時候會失了禮數。

不過，政府或公司的公文通常是使用「殿」這個敬稱。這是自明治時期以來的慣例，主要是為了公私有別，而且「教育委員會殿」這種在機構或職務名稱後面加上「殿」也不會太突兀。

話說回來，大家在寫賀年卡給恩師的時候，會寫成「○○樣」嗎？還是會寫成「○○先生」呢？「先生」與「樣」都是敬稱，通常會用在老師、醫生、師傅這類人身上，所以就慣例而言，寫成「○○先生」似乎比較恰當。

不過，日本文化廳於二〇〇五年的調查指出，覺得將老師的敬稱寫成「〇〇樣」也很自然的人增至七成左右，文化廳也在分析這個結果之後，得出有許多人認為「先生」只是頭銜，而不是敬稱，所以才會出現上述現象的結論，這些人有可能認為「先生」只是職業名稱，所以才會改成「樣」這個正確的敬稱吧。有些人甚至在「先生」後面加上「樣」，寫成「先生樣」，但這麼一來就變成雙重敬語了。

順帶一提，大家知道接在公司或團體後面的「御中」或「気付」該怎麼區分嗎？「御中」會在希望該公司或團體的某位成員閱讀內容的時候使用，但是意思等同英文的「care of（c/o）」的「気付」則會在信件經由其他地址轉寄給某人的時候使用，例如會寫成「〇〇ホテル気付 □□樣」這種形式。

換言之，「御中」是在寫信給團體或公司的時候使用，「気付」則只是寫信給某人的時候使用。

或許是因為現在寫信的機會越來越少，所以才會有人不知道該如何使用敬稱吧。

稱呼母親的方式

為什麼日文的母親要稱為「おかあさん」呢？

據說這個詞的語源藏在「北の方」這個詞彙之中。在平安時代，上流社會的貴婦人的起居處位於寢殿造（男主人的寢殿）的北位，所以在當時將貴婦人稱為「北の方」，之後又在「北の方」的「方」加上敬語的「御」，「おかたさま」這個稱呼也就成形。

到了江戶時代之後，前述的「おかたさま」變成士族階級口中的「おかかさま」，傳入民間之後，又轉變成「おっかあ」或「おっかさん」。若是去到其他縣市，似乎還會聽到更不一樣的稱呼。

到了江戶後期，雖然有部分商家開始使用「おかあさん」這個稱呼，但這個稱呼要一直等到明治後期才得以及普及。《尋常小學讀本》這本書也為了教導早晚的問候語而介紹「オカアサン、オハヤウゴザイマス」「オカアサン、オヤスミナサイマセ」這類用語。明治政府認為「不可讓孩子因為階級不同而使用不同的詞彙」，所以在明治三十六年（1903），透過國立教科書介紹由「おかかさま」與

「おぅかさん」綜合而成的「おかあさん」，藉此統一稱呼母親的方法。

在當時，有許多人覺得「おかあさん」這種說法很彆扭、很難為情，所以很難對自己的母親啟齒。

話說回來，用來稱呼母親的詞彙還有「おふくろ」或「ママ」這類詞。現代人聽到「お袋」（おふくろ），大概只會想到這是在男性互相打鬧的場合才會使用的詞，但這個詞彙原本是尊敬語，而且早在鎌倉時代就已經開始使用。關於這個詞的語源有很多種說法，其中最為有力的說法是「御袋樣」。

在幕府的武士或貴族的大宅之中，男主人的妻子都被稱為「御袋樣」，一說認為，這個詞彙源自負責「保管裝著金錢或貴重物品的袋子」，這意謂著從幕府時代開始，家中的經濟大權是握在女性手上的。

反觀「ママ」一詞則是來路不明的詞。中文的媽媽讀成「マーマ」，古英文的媽媽也讀成「ママ」，法文、義大利文、俄羅斯語以及其他語言也有以「M」為開頭，發音類似「ママ」的幼兒語。一般認為，「ママ」一詞源自全世界的母親以為剛出生的嬰兒所發出的第一個聲音「ママ、ンマ」是在叫自己。

如果是在日本，媽媽聽到小寶寶說「ママ」的話，有可能會覺得小寶寶肚子餓了。大部分的人認為將「飯」說成「ママ」純粹是幼兒語的一種表現。

不管是哪種有關媽媽的稱呼，都隱含著親暱之情與敬意對吧。

味噌湯是用食べる（吃）、吸う（吸）、啜る（啜飲）還是飲む（喝）的呢？

有讀者來信指稱「味噌湯」是用「吸う」（吸）這個動詞。

大家在說「みそ汁を◯◯」時，會在◯◯填入哪個動詞呢？若翻開《現代日本語方言大辭典》，會發現在日本全國常用的動詞包含「食べる」、「飲む」、「吸う」與「啜る」這幾種。

「みそ汁を食べる」：和歌山的局部地區、山口、香川、愛媛等。

「みそ汁を吸う」：秋田、山形這類東北地區以及三重、滋賀與關西一帶，或是佐賀、熊本、大分這類九州地帶，以及千葉、石川與高知這些地方。

「みそ汁を啜る」：青森的八戶、茨城、埼玉部分地區與滋賀部分地區。

「みそ汁を飲む」：全國性的說法。

上述的結果似乎沒有點出各地區的特徵。

那麼就讓我們從語言本身分析。

「みそ汁を食べる」這種說法會讓人有種湯料滿滿的感覺對吧？

據說江戶時代的味噌湯真的是用「吃」的。江戶時代的飲食習慣為一天兩餐，後來演變為一日三餐，但不管如何演變，只有早餐會有味噌湯，或許也是因為這樣，才會如此重視味噌湯吧。當時的味噌湯似乎都有超過兩種湯料，所以當時的人都以大碗公喝味噌湯，做為一整天的活力來源。當時將味噌湯稱為「おみおつけ」，若寫成漢字就是「御御御付（汁）」，從三個「御」應該不難看出味噌湯在當時是多麼重要的食物，即使到了現代，關東仍將味噌湯稱為「おつけ」喲。

那麼「飲む」「、吸う」與「啜る」又有什麼不同呢？

「飲む」的意思是「不用咀嚼，直接流入喉嚨」的意思。若說成「条件を飲む」指的是原封不動接受條件。「吸う」則是「從嘴巴或鼻子引入」或「嘛嘴引入」的意思，所以有慢慢地引入的感覺。空氣、手指、吸管都是搭配「吸う」這個動詞，所以與「飲む」這個一定從喉嚨引入液體的動詞不一樣。至於「啜る」則是邊發出聲音邊引入液體的意思。這個動詞的重點在於「聲音」，一說認為是模擬吸食聲音的擬態語。「啜」的右側有「又短又清脆的聲音」的意思，通常是用來形容慢慢喝或舐的動作。不管是味噌湯還是蕎麥麵，都會邊發出「簌簌簌」的聲音邊吸食對吧？就連平安時代的文學也很常在吃粥的場景使用「啜る」這個動詞。

順帶一提，喝湯的日文會使用「食べる」與「飲む」這兩個動詞，所以若是在喝的時候發出聲音，可是有違禮儀的喲，這也代表喝湯的動詞不會是「啜る」。即使同是讓液體進入口中的動作，還是會根據些微的差異選用不同的詞彙。

每個家庭都有自己的味噌湯，湯料也不盡相同，或許也正是因為如此，才會出現那麼多不同的形容方式。

第8章 令人意外的語源

うだつが上がらない（難以出人頭地）

「うだつが上がらない」的意思是「難以出人頭地」以及「經濟狀況不佳」，大家或許聽過「うちの人はうだつが上がらなくて」（我家老公不太成材）這種自謙的說法。

句中的「うだつ」是指建築物的一部分，但到底是指哪個部分，又為什麼會衍生出上述這句慣用語，目前未有定論。

第一種說法認為「うだつ」是用來支撐立於樑柱上方的棟木（中脊檩）的短柱，也就是「梲」（うだち）這個部位。這個「うだち」看起來很像是被棟木壓著頭，所以衍生出「難以出人頭地」的意思。

此外，在蓋房子的時候，上樑這個儀式稱為「うだちが上がる」，也從此衍生出「得志」的意思。

另一種說法認為「うだつ」是民房的妻壁（山牆），也就是位於屋頂上方，帶有小屋頂的牆壁，在日文又稱為「卯建」（うだつ）。這個構造常見於京阪地區的建築物。由於比屋頂還高，看起來有些浮誇，所以「うだつが上がる」便被引申為

「出人頭地」的意思。

一般認為「うだつ」原本是避免火災延燒的「防火牆」，後來慢慢演變成建築物的裝飾，然而這個裝飾所費不貲，所以沒辦法加裝「うだつ」，代表這家人沒什麼出息。

德島縣美馬市脇町如今還保留了早期的街景，因此到處都可看到這個「うだつ」，當地人也有志一同地維護這些街景。

若問日本有什麼令人懷念的東西，有些人會想起架在爐火上方，用來承載鐵瓶或釜，有三腳或四腳的器具「五德」，或是用來熄滅木炭餘火的「滅火壺」，以及用來搬運炭火的「十能」。此外，還有在東日本說成「かまど」的「竈」（へっつい，灶）。「へっつい」是灶神，在西日本被稱為「くど」、「ふど」、「おくどさん」。這些物品幾乎都與火有關，也讓人不禁遙想一家人圍爐的氣氛。最近似乎也掀起一波重視這類物品的復古風潮。

所以我們不僅要重視這些古物，還應該盡力保存語源與相關的詞彙啊。

サバを読む（浮報數字）

每逢十一月，就是九州近海的秋鯖最為肥美的季節。一如「別給媳婦吃秋天的茄子」（秋茄子は嫁に食わすな）這句諺語，同樣也有「別給媳婦吃秋鯖」這句諺語。一說認為，壞婆婆覺得秋鯖特別好吃，給媳婦吃太暴殄天物了，另一說則認為，秋鯖容易腐敗，不小心會吃壞肚子或食物中毒，所以不能讓疼愛的媳婦吃。

話說回來，在日文之中，有一個與前述的「鯖魚」（サバ）有關的片語，那就是「サバを読む」。這種說法很常用來虛報年齡或是為了自己的方便在數字上打馬虎眼，但句中的「サバ」是鯖魚的意思嗎？關於這點有非常多的說法。

第一種說法是，「サバ」就是「鯖魚」的意思。鯖魚是一種很容易腐敗的魚類，所以為了保持新鮮，在計算鯖魚的數量時，就會數得很快，相對也容易數得很含糊，所以才衍生出這句「サバを読む」（浮報數字）的慣用語，這也是目前最可信的說法。

另一種說法是，江戶時代的漁場或魚市場稱為「五十集」（いさば），在這類市場做生意通常都很忙碌，沒時間慢慢數，所以這種數得很快的行為就稱為「いさ

ば読み」，之後開頭的「い」被忽略，就變成現在的「さば読み」。

最後一種說法是，以前壽司師傅在捏壽司的時候，為了記住端出了幾個壽司，會在作業檯底下黏飯粒，而這些飯粒後來被稱為獻給鬼子母神的「生飯」（さば），方便壽司師傅在客人結帳的時候，計算壽司的數量。

其他還有「さばをうる」這種與鯖魚有關的慣用語。這句話的意思是「媳婦無故回娘家」，廣島縣舊加計町（現在的安藝太田町）的周邊地區在過去很常使用這個說法。收拾行李回娘家的媳婦很像是在島根縣田漁港捕獲鯖魚後，將堆得像座小山的鯖魚扛在肩上，走到山間村落兜售的漁夫，所以才會有這句與鯖魚淵源極深的慣用語。

語言往往是由生活經驗堆積而成，若是回頭尋找語言的根源，就能一窺早期生活的樣貌，也讓人覺得趣味無窮。

「もったいない」這句話是怎麼來的？

對日本人來說，「もったいない」是再熟悉不過的用語，「MOTTAINAI」這個說法似乎也於全世界普及。

肯亞的環境及自然資源部副部長旺加里・馬塔伊曾於二〇〇五年三月召開的聯合國會議介紹這個詞彙。

二〇〇四年，馬塔伊成為非洲第一位獲頒諾貝爾和平獎的女性。她認為自己的環境運動可用「もったいない」這句日文總結，她也希望這句讓她感觸良多的日文能於全世界普及。

應該有不少人被爸爸媽媽說過「不要浪費，要更愛惜東西」（もったいない！物を大事にしなさい）對吧？日本人口中的「もったいない」有「不要浪費」的意思，但這句話到底是怎麼來的呢？

「もったいない」的漢字是「勿体ない」，至於語源則是眾說紛紜。一說認為是在「勿体（物體）」加上「無」的否定說法，另一說認為是在「勿」加上「ない」的意思，再有一說認為「勿体ない」的「ない」是為了強調才加上去的，但不

管是哪種說法，都是「失去物品本體」的意思。

在過去「もったいない」的意思是「失去應有的態度或模樣，不夠謹慎或思慮不周」之意。於鎌倉時代成書的《宇治拾遺物語》也有「あわれ、もったいなき（=思慮不周）主かな」的敘述。之後便慢慢地被當成「畢恭畢敬」、「難以承受的恩寵」之意。的確，日文的「もったいないお言葉」（謬讚、錯愛）也是自謙之際的用詞。

現代最有共識的「もったいない」在本質上有惜物，感謝每日糧食的語感。若是感謝食物，就不捨得糟蹋每一粒米，而這種心情或許就可稱為「もったいない精神」。

在這個物質豐沛，想要什麼都能買得到的時代，要跟年輕人說明何為「もったいない」或許不是那麼容易了。

大家都如何看待「もったいない」這個詞彙呢？有機會要不要重新審視這個詞彙呢？

為什麼降價要說成「勉強」？

不知道大家是否曾在商店聽過「勉強しますから買ってください」或「もう少し勉強してよ」這類對話呢？為什麼「打折」在日文要說成「勉強する」呢？

大部分的人在聽到「勉強」這個詞，通常會想到讀書或學習技術這些事對吧？不過這個詞在古代中國不一定是用來形容做學問，而是「努力」或「硬逼自己做某事」的意思。的確，就漢字的字面來看，「勉強」這個詞的確有「硬逼自己努力」的意思。

這個詞彙傳入日本之後，也從上述的意思衍生出「努力面對困難，努力去做不喜歡的事」這類意思。江戶後期，由松浦靜山所寫的隨筆《甲子夜話》也有「勉強して櫓を揺るしいたれば」（逼自己划槳）的敘述。

慢慢地，「勉強」一詞就變成專指「努力學習知識」的詞彙，進入明治時代之後就完全等於做學問的意思。

日語常有衍生的意義反成通義的情況，不過「勉強」這個詞彙在中文裡，還是只有硬逼自己做某事的意思。

雖說在做生意的時候使用這個詞彙是日本特有的用法，但其實稍微研究一下「勉強」的原義，就不難了解這是為什麼。

這種用法的「勉強」有「盡可能便宜，卻又不至於賠本」的意思，或是「只要是為了客人，哪怕是有點勉強，也會盡可能薄利多銷」的意思。此外，還會將降價說成「まける」（輸）或是「おまけする」（真是敗給您了）。

這兩個詞都是源自「勝負」的「負」，而「おまけ」也寫成「御負」，主要是源自接受客人的意見，不在交易與客人爭輸贏的說法。

不管是哪種說法，聽上去都有「讓客人一步」的語氣對吧。

為什麼被憎恨的孩子為世人忌憚呢？

大家應該聽過「憎まれ（っ）子世にはばかる」這句諺語，但似乎有不少人覺得句中的「はばかる」（忌憚）很突兀。這句諺語的意思是「被周圍討厭的人，反而能在人群之中作威作福」，換言之，句中的「はばかる」有「幅を利かせる（作威作福）、のさばる（恣意妄為）」的意思。

不過，「はばかる」這個動詞的意思通常會是「敬而遠之、謹小慎微」，相關的用法有「世をはばかる」或是「人目をはばかる」。

這個「はばかる」是從奈良時代就有的詞彙，原本也只有「敬而遠之、謹小慎微」這類意思，那麼為什麼會出現「のさばる」（恣意妄為）的意思呢？與「はばかる」意思相近的詞彙有「はびこる」，有「大肆擴張」、「肆意妄為、雜草蔓延」的意思。

這兩個單字似乎從室町時代之後就被混為一談，所以「はばかる」也與「はびこる」一樣，具有「大肆擴張」、「肆意妄為、雜草蔓延」這些意思。其實到了江戶時代之後，就出現了「憎まれ子世にはばかる」與「憎まれ子世にはびこる」這兩種說法了。只是自明治時代之後，「はばかる」越來越沒有「大肆擴張」、「肆意妄為」的意思，惟獨「憎まれ子世にはばかる」這句諺語成為慣用語。

話說回來，過去曾有人認為這句諺語原本是句讚美之辭。也有人認為這句諺語的原型是「憎まれ子世に出づる」，也就是「調皮搗蛋的小孩往往會出人頭地」的意思，例如戰國時代的武將就有很多這類人物，其中又以小時候總是不守規矩，不按牌理出牌，被周遭的人評為「尾張大傻瓜」的織田信長最為有名。看來這句在那個時代誕生的諺語，不一定是負面意思。

不過，這句諺語後來又出現了「~世にはばかる」、「~世にはびこる」這種說法，所以「作威作福」的意思反而比「飛黃騰達、出人頭地」的意思更為人所知。一般認為，「憎まれ子」的部分除了是令人討厭的小孩，也可用來形容可恨之人。

由於這句諺語的意思經過兩次演變，也沒那麼直白，所以才會有那麼多人在意這句諺語之中的用詞吧。

有蟲蟲的詞彙

「今日の課長は虫の居所が悪いなあ……」

這句話說得好像人體之中有寄生蟲一樣，其實這句話應該是在說課長今天心情不好。

中國的道教認為人體住著有三隻蟲（三屍），而這三隻蟲無時無刻監視著人類的行動，一到晚上就會從人體鑽出來，上告這個宿主的罪狀。據說這種說法從唐朝就已經盛行。

日本的江戶時代也出現認為身體有九隻蟲（一說認為，之所以是「九隻」，只是為了形容為數眾多而已），而這些蟲主宰著人類的情緒與疾病的說法，當時的人們認為，這些蟲住在心臟、肚子、胸口以及其他部位，會讓人產生不同的情緒與意識。

比方說，式亭三馬就曾在《浮世風呂》一書寫下「わっちも虫を持居（もって）る人間だから」（人家也是有感情的人）。

雖然「蟲」這個字眼有很多不同的解釋，但似乎都與「癇癪」（易怒，爆怒）

有關。過去的人們曾經以為肚子裡有壞蟲寄生，所以才會生病，但這應該是聯想到害蟲，才會產生這種想像吧。

若問帶有蟲蟲的說法有哪些，可說是多不勝數，例如「虫の居所が悪い」、「腹の虫がおさまらない」、「虫が好かない」、「虫がいい」，而這些說法分別是「心情不佳」、「憤憤不平」、「莫名覺得討厭」、「自私」的意思。

此外，還有「虫の知らせ」這種說法，指的是沒來由地覺得有壞事要發生了的意思。這或許是大家想要將這些難以言喻或毫無根據的感覺，全推給住在人體之內的蟲子吧。

明明我們的心思意念全是源自個人的想法與感受，但世事總是難料，一切不會總是如我們所預期的，所以古時候的人說不定就是藉由將一切的不順遂推給「蟲子」，讓自己的情緒得以平復吧，又或者當時的人覺得，要是有什麼事情不想說得太直白，就全部怪在「蟲」頭上就好了。

腕白為什麼是白的？

五月五日是日本的兒童節。

太過活潑與調皮搗蛋的孩子都會被形容成「わんぱく」，尤其男孩子特別容易被這麼罵，有時也會用來形容不講道理，任性的大人。

話說回來，大家可知道「わんぱく」的漢字是「腕白」嗎？明明「わんぱく」是用來形容整天在外面玩耍的小孩，為什麼漢字會寫成「手臂（腕）很白」呢？據說江戶時代就已經將「腕白」當成「わんぱく」的漢字使用。但若問「わんぱく」的語源為何，目前仍未有定論。

一說認為源自「枉惑」（おうわく）一詞，也就是「耍詐」，「以旁門左道引誘人」的意思。之後這個詞演變成「わやく」，最後又演變成「わんぱく」這個詞。

於江戶時代後期成書的隨筆集《嬉遊笑覽》就在「わんぱく」的欄位寫下「兒童調皮搗蛋的意思，以源自「わやく」的說法最為有力」，白紙黑字記載了「『わんぱく』一詞源自『わやく』」。

「わやく」的意思是「不合邏輯、不由分說的事情」，現在也有人將「わんぱく者」說成「わやく者」。這個詞為西日本的方言，「わやや」或「わやくちゃ」這類詞彙也是源自「わやく」。

關於「わんぱく」的語源還有一個很有名的說法，那就是源自「関白」這個詞的說法。

「關白」是於平安時代新增的官職，主要的任務是輔助天皇。「關白」這個詞源自「天下のすべてをあずかり（関）もうす（白）」，而這句話是「提出諫言」的意思。一般認為，「關白」在當時的發音是「くわんぱく」，所以後來才衍生出「わんぱく」這種說法。一如大男人主義的男人會被稱為「亭主関白」，「關白」通常是指位居高位，濫用權力的人。這種說法也收錄於江戶時代中期的國語字典《俚言集覽》。

最近被說成「わんぱく小僧」（調皮搗蛋的小鬼）的小朋友越來越少，不禁讓人感到有些寂寞。

為什麼感冒搭配的動詞是「ひく」？

天氣一冷，感冒（風邪をひく）的人就跟著變多。

有趣的是，在日文裡，不管是流感還是其他疾病，通常只會搭配「かかる」這個動詞，為什麼惟獨「感冒」（風邪）會搭配「ひく」這個動詞呢？「ひく」這個動詞寫成漢字為「引く」，而這個動詞有「吸入」（吸い込む）的意思，所以「風邪を引く」似乎有種「吸入感冒」的意思。順帶一提，平安時代就已經有這種說法了。

話說回來，「風邪」這種疾病被認為是大氣的「風」造成的，所以在古代只寫成「風」而已。古代中國認為風不僅是大氣的擾動，更是會影響身體的因素，若是吸入惡風，就會對身體帶來不良影響。

於平安時代成書的《竹取物語》也有「風いと重き人にて、腹いとふくれ、こなたかなたの目には、李を二つつけたるやうなり」的敘述，意思是「感冒嚴重的人，肚子會鼓得跟氣球一樣，周圍的眼彷彿有兩顆李子這麼大」。到了現代，已經知道句中的「風」與造成喉嚨痛、發燒的感冒症狀無關。在當時似乎將很多疾病都稱為「風邪」。

之後，惡風又被稱為「邪風」，邪風又漸漸地被改成「風邪」（ふうじゃ），到了江戶時代，就被當成現代人認知的感冒症狀，而且在明治時代之後，「風邪」這個詞彙就被直接讀成「かぜ」。

話說回來，年糕出現裂縫的現象也說成「餅がかぜをひいた」。這種以「かぜをひく」說明東西受損或腐敗的說法曾見於江戶時代初期的《日葡字典》，在「Caje（かぜ）」的項目之中，記載了「Cha ga case fiqu」（茶感冒了）的例句，意思是空氣或風滲入了茶葉，所以茶葉的味道變了。

沒想到除了人體之外，「かぜ」居然還可以用來比喻物品的味道因為空氣變質，或是派不上用場的情況，「餅がかぜをひいた」也是殘留至今的其中一種說法。若翻開方言字典，還會看到「味噌がかぜをひいた」或「煙草がかぜをひいた」這類例句。看來「かぜをひいた」這種說法可用來形容各種物品在接觸空氣之後變得潮溼或乾燥，因而「味道變質或派不上用場」的情況。

不過最近已聽不太到這種說法了。雖然現代人已經忘記「接觸空氣，會遭受影響」這個原本的意思，但希望至少「味噌がかぜをひいた」這種充滿古早味的詞彙能夠繼續留存。

因為門檻太高所以手碰不到？

不知道大家是否聽過「那間店門檻很高耶！」（あの店は、敷居が高いわー）這種用來形容一間店高不可攀的說法呢？

日文的「敷居」是「區分門戶內外的門檻」，或是位於房間窗戶、紙門、拉門下方，設有軌道的橫木，在古代也將「敷居」稱為「閾」。由於這個詞彙有房間內外分界的意思，所以也很常被當成「出入口」的意思使用，說到這裡，或許會有人想到「不准你再次跨過我家門檻」這種怒不可遏的台詞。

所謂的「敷居が高い」是做了有愧於心、沒臉見人的事，導致無法跨過對方家門門檻，不想去對方家中的意思。

不過當我們對五十個人進行問卷調查之後，發現回答①做了有愧於心、沒臉見人的事，所以不想去對方家中的人有二十七人，回答②名店或某些技藝高不可攀的人則有二十三人。

從問卷的結果可以發現，最近有越來越多人以為這個說法是②的意思。對許多人來說，走進高級的餐廳或料亭是件很緊張，又很需要勇氣的事，一不小心就會腿軟得跨不過這些店的門檻，彷彿這些店的「門檻真的很高」。

此外，要走進榻榻米房間，通常得懂點茶道或花道，或許也是因為這樣，才會衍生出高不可攀這個意思。

現在設有和室的房子越來越少，在生活型態不斷變遷之下，越來越多人想不起門檻到底長什麼模樣，而且除了門檻之外，很多人也不知道「鴨居」、「長押」或「欄間」這類和室的陳設是指哪些部分，更遑論區分「鴨居」與「長押」的差異了。所謂的「鴨居」是與「敷居」相對的構造，也就是位於拉門與紙門上方，設有軌道的橫木，簡單來說就是上方的軌道。「長押」則是用來連接鴨居上方短柱的橫樑，在建築技術發達的現代，這些構造往往只剩下裝飾的功能，所以最近的和室就算有「鴨居」這個構造，也通常少了「長押」這個部分，現代人無法區分這兩者也就沒什麼好奇怪的了。

至於「欄間」則是天花板與鴨居之間的格子或是用來裝飾鏤空木雕板的構造，主要的功能是採光或通風，但裝飾的意味還是偏重。在江戶時代，只有身份夠高的人家才能安裝「長押」或「欄間」，平民是沒有這種權利的，直到明治時代，平民才能安裝這些嚮往已久的裝飾。

在追求「無障礙空間」的現代，「門檻」有可能會慢慢消失，但還是希望大家不要忘記「敷居が高い」這句話原本的意思。

第9章 要多留意片假名的詞彙

掘った芋いじるな（What time is it now?）

「掘った芋いじるな！」（別拿挖出來的小芋頭來玩）（註）

這句是以日式發音模仿英文「What time is it now?」的日文。

聽到英文的時候，有時候會以為聽到日文，有時候則會置換成日文。

比方說，①しらんぷり②針や針や③ごんぼのしっぽ，大家會把這幾個日文聽成什麼英文呢？①的話應該會聽成「Sit down please」②則是「Hurry up! Hurry up」③是「Goin' on board the ship?」（要去碼頭嗎？）（「Goin'」是「Are you going的簡寫」）。

不過這種日式發音的英文，外國人真的聽得懂嗎？

過去有個電視節目〈英語之夜〉（英語でしゃべらナイト）曾派員前往倫敦，試著用下列這些話跟路人搭話。

甲　揚げ豆腐（「I get off」=下車）

乙　掘った芋いじるな（「What time is it now?」=現在幾點？）

丙　斉藤寝具店（「sightseeing」=觀光）

註：日文發音與英文接近。

沒想到每個外國人都聽懂了，只是有幾位一開始歪著頭想了一下。

而且連「家內屁をプー」這句「Can I help you ?」（我可以幫助你嗎？）對方都聽得懂。

語言學專家聖德大學島岡丘教授指出「英語是有重音的語言，所以將發音較強烈的聲音串成一句話，聽起來就很像是英文的發音」。

以「I get off = 揚げ豆腐」為例，只發出與「I」對應的「ア」，再接上後面的發音，聽起來就很像「あげどうふ」了。

不過也有聽起來很像是英文的日文，例如「いただきます」聽起來很像是「It's a dirty mouse=髒髒的老鼠」，或是「どういたしまして=Don't touch my mustache」（別碰我的鬍子），其他還有聽起來很像是「Alligator」（鱷魚）的「ありがとう」。

這些例子很有趣對吧？這說不定是為了記住單字，而試著將外國語言置換成母語的技巧喲。

エンタメ、ゆるキャラ是什麼的縮寫？

大家最近是不是很常聽到有人將「エンターテインメント」（娛樂）這個字說成「エンタメ」呢？

片假名的單字很常像這樣簡化，例如「テレビジョン」（電視）簡化為「テレビ」；「リモートコーントロール」（遙控器）簡稱為「リモコン」；「パーソナルコンピューター」（個人電腦）簡化為「パソコン」，這些單字都是因為太長所以才被簡化的。除了片假名的單字之外，平假名的單字也有可能被簡化，例如「天ぷらどんぶり」就被簡化為「天丼」，「高等学校」（高中）也被簡化為「高校」，這類發音較長的單字被簡化的現象其實所在多有。

此外，這些簡化語多以三～四拍居多。其實日語本來就以三～四拍的詞彙佔多數，所以省略成三～四拍的單字，才會更容易發音，也更容易理解。

話說回來，「エンタメ」這種說法大概是在一九九〇年代中期出現，一開始是在綜藝節目被當成「娛樂圈資訊」的意思使用，大家不覺得這跟原意為娛樂、表演的「Entertainment」有點出入嗎？娛樂這方面的色彩似乎更加濃烈了。

類似的例子還有不少，例如英語的「キャラクター」（character）就被簡化為「キャラ」。這個字的原義為「性格、性質、個性」，但簡化成「キャラ」之後，常說成「ゆるキャラ」或「癒しキャラ」這種形容吉祥物的說法，有時候也會以「〇〇キャラ」的說法形容綜藝節目裡的藝人，感覺上，「〇〇キャラ」就像某種角色扮演的感覺。

片假名的單字被簡化之後，偶爾會出現上述這種意思有點走調的情況。「アニメ」也是其中一例。這個單字本來是從英文的「Animation」簡化而來，但是當日本動漫在海外人氣高漲之後，這個詞就被用來專指「日本動漫」，連外國人也跟著這樣使用。

由此可知，簡化語也可說是新創造的詞彙啊。

沒想到語言也有年齡的差距……

大家會把圍巾說成「マフラー」還是「えりまき」呢？絕大多數的人都會說成「マフラー」吧？

NHK放送文化研究所於一九九六年對此進行調查之後，發現回答「マフラー」的人有百分之九十二，回答「えりまき」只有百分之七。若再以年齡層進行分析，會發現七十歲以上的受測者有百分之七十五回答「マフラー」，只有百分之二十一的人回答「えりまき」。由此可知，越是年長的人，越有可能說成「えりまき」，看來用字遣詞也與年齡有些關係。

同一種東西有兩種名稱的例子還有很多。

比方說，用來吊掛衣服的衣架可說成「ハンガー」與「えもんかけ」，而高領毛衣的脖子部分則可說成「タートルネック」或是「とっくり」，而在廚房穿的圍裙則可說成「エプロン」或是「前掛け」。胸口鏤空的圍裙還可以說成「サロンエプロン」。對某些人來說，詞彙的新舊不是問題，只會根據東西的不同選用不同的單字而已。有些人認為，「エプロン」比較適合用在年輕太太身上，而「前掛け」

比較適合用在居酒屋老闆身上。此外，說不定有人會把吊掛西裝的衣架說成「ハンガー」，以及將吊掛和服的衣架說成「えもんかけ」。片假名的單字的確散發著時髦的氣息啊。

話說回來，片假名常有「チョッキ」（夾克）與「ベスト」（背心）、「バンド」與「ベルト」（腰帶）、「ズボン」與「パンツ」（長褲）、「ズック」（布鞋）與「スニーカー」（運動鞋）這類兩兩對應的詞組，大家平常都會選用哪一邊呢？

一說認為「チョッキ」源自英語的「jacket」，另一說認為是源自日語的「直着」。年輕人則是以重音的位置區分「パンツ」的意思，如果讀成平板型重音，就是「長褲」的意思，如果讀成頭高型重音則是「內褲」的意思。

這些通常是時尚服飾業的詞彙，業者似乎希望以不同的名稱催化消費者的消費衝動，所以才會出現針對不同的年齡層有不同用字遣詞的習慣。

替不同的東西命名做為區分固然沒問題，但同一個東西若有不同的名稱，那可就會讓人傻傻分不清了對吧。

在國外旅行時要特別注意！morning call是官方訪問的意思

接著讓我們研究一下，在國外旅行時要特別小心的「和製英語」。

在日本，位於市中心的旅館稱為「シティホテル」，但其實這是和製英語，英文似乎沒有特別用來形容位於都會的旅館的詞彙。

同理可證，英文也沒有為了商務人士出差而特別降價的「商務旅館」，所以在國外問「有沒有商務旅館」的話，恐怕外國人是聽不懂的。

類似的例子還有在旅館使用的「Morning Call」，在日本，這是請旅館員工在指定的時間叫住宿者起床的服務，但是，英文的「morning call」卻是「早上的官方訪問」的意思。「call」這個單字除了「呼叫、打電話」的意思之外，還有「職務相關的正式訪問」的意思。若是希望飯店在指定的時間叫你起床，就要說成「wake-up call」才是正確的英文。

「モーニングサービス」這個於上午特定時段提供優惠餐點的服務也是和製

英語。雖然英語也有「morning service」這個單字，但意思卻是「早上的禮拜」。「service」這個單字除了有「服務、款待」之意，也有「禮拜」的意思。

此外，住飯店的時候，會把「在房間用餐」說成「ルームサービス（room service）」對吧？這可就是百分之百的英語了。

如果是日本人常去旅行的地區或飯店，對方有可能聽得懂一些旅遊相關的和製英語，但大家還是得知道和製英語並非真正的英語喲。

和製英語的起源最早似乎可回溯至明治時代。當時的日本人開始學英語之後，便組合學到的單字，自創全新的單字。

話說回來「モーニングサービス」的確比「早朝割引定食」（早餐優惠套餐）聽起來更加精簡洗練對吧。

我們也能從和製英語感受到日本人對英語的憧憬啊。

兩者有差嗎？

「エチケット」（etiquette）與「マナー」（manner）

「エチケット」與「マナー」有什麼不一樣嗎？

「エチケット」的語源是法文的「etiquette」，有「名牌、服飾吊牌、標籤」或「官方場合的禮儀、禮節」的意思。據說早期的法國皇宮會在牆壁上貼著一些紙張，提醒訪客該遵守哪些規矩，而這些紙張就是「etiquette」，如果訪客不遵守規矩，就會被大罵「不懂禮節」，後來「etiquette」這個單字才被引申為該遵守的禮儀。

反觀「マナー」則是源自英文的「manner」，若是翻開字典，會查到「方法、做法」、「態度、身段」、「禮儀、禮節、服裝儀容」這類意思。話說回來，「manner」的語源是拉丁語的「手」，所以「用手操作東西的方法」是這個字最原本的意思，之後才又衍生出禮儀、禮節這類意思。

就意義而言，這兩個單字可說是大同小異對吧。但仔細想想，平常似乎會在

不同的情況下使用這兩個單字。比方說，大家聽到「エチケット」會想到什麼事情呢？應該會想到「打噴嚏的時候要掩住口鼻」或是「與別人約見面的時候，要打理服裝儀容」這些情況吧？所以簡單來說，「エチケット」多是不要造成別人麻煩的自我要求。

那麼「マナー」又做何解釋呢？比較常聽到的詞彙有「テーブルマナー」（餐桌禮儀）、「交通マナー」（行車禮儀）、「喫煙マナー」（吸菸禮儀）、「電車のマナー」（搭電車的禮儀），這些單字之中的「マナー」比較偏向約定成俗的風俗習慣，不像「エチケット」是顧及他人的禮節，而且「マナー」也很常是某個集團或社會的規範。

看來在日本人心中，「エチケット」與「マナー」這兩個單字還是有一些微妙的差異啊。

跳蚤市場是自由市場嗎？

大家都怎麼利用假日呢？

應該有些人會趁著假日去買賣二手貨或雜貨的跳蚤市場（フリーマーケット）吧？

不過大家會不會以為「フリーマーケット」這個字是由「フリー：free=自由」＋「マーケット：market=市場」組成的「自由市場」呢？

其實這裡的「フリー」是「flea：跳蚤」的意思喲。

據說跳蚤市場源自十九世法國巴黎近郊聖旺的克里尼昂古門舉辦的「收破爛市場」，賣的都是一堆有跳蚤的東西，所以後來又被稱為「跳蚤市場（Marché aux Puces）」。大部分的人都會在店門前面小小的一塊地方堆滿各式各樣的商品，到了現在，還有許多小店家在賣一些古董品喲。

日本首見的跳蚤市場是一九七九年於大阪舉辦。

不過當時的人們早已將跳蚤市場當成「free market」。根據日本跳蚤市場協會的說法，這是因為當時的人們覺得跳蚤市場是誰都能自由參加的市場，所以才將「フリー」的部分改成較具親切感的「free」。

這或許就是為什麼日本人比較知道「free market」這種說法的原因吧。

其實這種會錯意的片假名單字也有不少。

比方說，大家知道「スイートルーム」的「スイート」是什麼意思嗎？這裡的「スイート」並非「sweet=甜蜜」，而是「suite=一整套的、一組的」的意思喲。話說回來，「suite」本身就是寢室、客廳、浴室齊備的套房之意，只是「sweet」與「suite」的發音一樣，所以才會讓人難以分辨吧。

另一個例子則是用來裝冰淇淋的「コーン」（冰淇淋杯）。應該有人以為這個「コーン」是「corn=玉米」吧？但其實這個字是「cone=圓錐」，也就是常在工地現場看到的紅色圓錐，所以冰淇淋的「コーン」是指形狀，而不是在說原料。

像這樣調查一些常用的外來語，往往可以發現令人吃驚的事實啊。

セピア色的「セピア」到底是什麼？

接著要以猜謎的方式介紹代表「色彩」的詞彙。

第一題。

不知道大家是否有過拿出老照片一看，發現照片都變成「セピア色」的經驗呢？這個「セピア」其實是源自海洋生物的單字，所以會是下面哪個答案呢？

①海膽 ②烏賊 ③河豚

答案是②的烏賊。

古希臘語的「セピア」（sepia）是指真烏賊（sepia esculenta），所以利用這種烏賊的墨汁製作的暗褐色墨水或顏料就被稱為「セピア」，據說這種顏料在古羅馬時代就已廣泛使用。到了現代，這個單字還是有很多人使用，例如「セピア色の思い出」（充滿懷舊色彩的回憶）的「セピア」就有「懷舊的意思」，而且日文的「セピア化する」也有東西變舊的意思。

接下來是第二題。

在日文之中，還有「脚色」（きゃくしょく）這個將故事寫成腳本，再搬上舞

台的動詞，但這個「脚色」在中文卻是不一樣的意思，請問會是下列哪個意思呢？

①成績單 ②出生證明 ③履歷表

答案是③履歷表。

在彙整中國宋代官制或典禮的《朝野類要》之中，就有「必須攜帶證明家世與履歷的腳色」這段敘述。

所謂的履歷表就是描述人品的文件，所以之後又將戲劇之中的角色稱為「腳色」，後來也包含由該角色與事件揉合而成的劇情之意。

在這個詞彙傳入日本之後，這個詞從江戶至明治時代都是劇情或是將小說或事件寫成劇本的意思。

之後才從「脚色の本」（劇情的文件）衍生出「脚本」這個單字。

現代的「脚色する」則有以比喻的方式替事實加油添醋，讓事實變得更有趣味的意思。沒想到無法「潤色」的「履歷表」居然是「脚色」這個單字的原義，這是不是讓人覺得很有趣呢？

即使是我們再熟悉不過的單字，很有可能原本不是我們所熟知的意思喲。

シルバー（銀髮族）＝年長者？

九月的第三個星期一是日本的「敬老日」。在一九七三年九月十五日的敬老日，當時的國鐵首次推出專為年長者與身障者設置的「シルバーシート」（博愛座），但為什麼要命名為「シルバーシート」呢？

其實這個名稱是在因緣際會之下誕生的產物。由於設置博愛座的準備期間太短，情急之下只好使用國鐵工廠多出來的新幹線普通席的座椅椅套，才勉強趕上期限，而這個椅套的顏色是銀灰色的，所以這個座位自此被稱為「シルバーシート」，要是當時的椅套是橘色的，說不定現在的博愛座就會被稱為「オレンジシート」。

之後，這種博愛座便於日本全國的電車或巴士普及，「シルバー」這個單字也漸漸成為年長者的代名詞，後續也衍生出「シルバー産業」（銀髮族相關產業）或「シルバーエイジ」（銀髮族世代）這類單字。

若是翻開現在的國語字典，會發現「シルバー」這個詞彙也有「年長者」的解釋。由於英文的「silver」只有銀色的意思，所以只有日本才會將這個單字當成「年長者」使用。

其實現在坐電車也看不見「シルバーシート」這個名稱，而且這種座位的顏色也已經不一樣了。

差不多是從九〇年代後半開始，這個「シルバーシート」就被取代為「優先席」（priority seat、courtesy seat），因為除了年長者或身障者，帶孩子的家長或是孕婦也有可能需要座位。

雖然シルバーシート這個名稱消失了，但是代表年長者的「シルバー」卻成為耳熟能詳的詞彙，留在現代的語言之中。

第10章 方言何其深奧

感謝的語彙「だんだん」

二〇〇八年九月二十九日，NHK晨間劇【だんだん】（謝謝）開播。故事的主角是一對分別在島根與京都長大的雙胞胎姐妹，姐姐叫田島恵，妹妹叫一條希。兩人在十八歲命運般地重逢後，便在手足無措的情況下，培養兩人之間的「緣份」，也讓整個故事充滿了愛與羈絆。

這部連續劇的劇名「だんだん」在島根的方言是「ありがとう」（謝謝）的意思，取這個劇名也是為了表達兩位女主角感謝「父母的生養之情」。據說這個說法在出雲一帶很普遍，不管男女老幼都是耳熟能詳的方言。

但是為什麼「だんだん」會是「ありがとう」的意思呢？

「だんだん」的漢字是「段段、段々」，有「事情接二連三發生」的意思，也連帶衍生出「重ね重ね」（屢屢）、「いろいろと」（諸如此類）的意思。

一開始，是以「重ね重ねありがとう」（每次都很感謝）的心情說「だんだんありがとう」這句話，但後來「ありがとう」的部分被省略，只剩下「だんだん」而已。

這跟西日本的「おおきに」有著異曲同工之妙。

「おおきに」有「大肆、太辛苦」的意思，而意思是「大変ありがとう」（萬分感謝）的「おおきにありがとう」也慢慢地精簡為「おおきに」。雖然「ありがとう」的部分被省略了，但「だんだん」或「おおきに」都還帶有感謝的心情。

翻開字典會發現，「だんだん」是在江戶時代開始被當成問候語使用，最初是出自京都的煙花之地。

「だんだん」這個感謝之詞從京都開始，後續於島根普及，恰巧與【だんだん】這部以京都與島根為舞台的晨間劇有著難解之緣。

若是說成「だんだん、だんだん」則更有人情味，更能表達感謝之意，但願如此感人肺腑的方言，也能隨著連續劇【だんだん】普及。

連續劇裡的關西腔讓人很介意？

有些關西的觀眾在聽到連續劇裡面的關西腔時，似乎會有種「怎麼聽，怎麼怪」的感覺，所以這次就讓我們來聊聊關西腔。

長期研究關西腔的北海道大學山下好孝教授（京都出生）將注意力放在關西腔特徵之一的「音調高低」。

比方說，請大家試著以「關西人」的方式讀讀下列這兩句話。

「今年の阪神、いけるんとちょう」（看來今年的阪神不太行）、「毎年、言うてへんか」（每一年不是都這樣嗎？）

大家覺得有哪裡不一樣嗎？其實這兩句話的重點在於「今年」（ことし）與「毎年」（まいとし），因為「今年」的發音「ことし」都是「高音」，但「每年」的發音「まいとし」則全部是「低音」。

這類發音沒有任何的規則，有些單字從一開始就是念成「高音」，有些單字則一直都念成「低音」，關西人也是在耳濡目染之下學會如何分辨這些單字的用途。

比方說，「①箸 ②橋 ③端」就是其中一例。

這三個單字的發音都是「はし」，但是若以關西腔讀，①的「箸」會將「は」與「し」都讀成低音，而②的「橋」則是先高後低的發音，③的「端」則都是高音。

日文的標準語也有重音的高低，但沒有③這種都是高音的單字，所以除了關西人，大部分的人都很難念得正確。這種音調高低不僅對單字造成影響，也對整個句子造成明顯的影響。

比方說若以標準語的重音念「（お）先に帰らせてもらいます」這句話，最後的幾個發音會越來越低對吧，但是若以關西腔來念，「帰る」的部分會是「高音」。若是「高音的單字」在句中的中間或結尾出現，通常整句話都會維持高音，所以「（お）先に帰らせてもらいます」從頭到尾都是高音。刻意拉高高音的部分可說是關西腔的特色之一。山下教授在經過分析之後，得出很多人覺得「關西人很吵，很刺耳」，但其實關西人的嗓門不大，只是聲音比較高，而高音的部分較多，所以才會讓人覺得很吵的結論。

換言之，若要用關西腔講話，就得像是唱歌一般，正確的發出複雜的「聲音」，所以關西腔才會這麼難模仿，也才會一下子就被人抓到破綻。

原來會覺得連續劇的關西腔怪怪的，全是因為「音調的高低」有問題啊。

東日本與西日本的狐狸與貉

這次的主題雖然是「狐狸」（きつね）與「貉」（たぬき），但其實要聊的是「烏龍麵」與「蕎麥麵」。

首先要談的是，為什麼油豆皮會被命名為「狐狸」或「貉」這類動物的名稱呢？

一說認為，狐狸愛吃油豆皮，所以油豆皮才被命名為「きつね」。至於「たぬき」則是明明只放了炸麵球，看起來卻很像是放了天婦羅，不禁會讓人懷疑「あれ？種は？」（咦？麵衣裡的料呢？）後來「たねぬき」這種說法才又省略成「たぬき」。

話說回來，關東會將「放了油豆皮的烏龍麵」稱為「きつねうどん」，放了「炸麵球的蕎麥麵」則會被稱為「たぬきそば」；不過大阪則會將「放了油豆皮的烏龍麵」稱為「きつね」，「放了油豆皮的蕎麥麵」稱為「たぬき」。

在大阪不會刻意說成○○うどん或○○そば，只以「きつね」與「たぬき」區分「うどん」與「そば」，意思就是關西沒有「きつねそば」或「たぬきうどん」

這種說法，而且大阪人比較常吃「うどん」，會點「たぬき」的人應該不多。如果在點餐的時候說「おっちゃん、けつねそばちょうだい」（大叔，來碗油豆皮蕎麥麵），店員有可能會端來烏龍麵與蕎麥麵混在一起的餐點。

此外，關西將炸麵球「揚げ玉」說成「天かす」，通常會放一整碗在桌上，客人可自行取用，這代表炸麵球是免費的，大阪人也很常吃這種炸麵球，不管是大阪燒、章魚燒、燉煮類料理還是味噌湯都會加，算是家庭常備的食材，不太會將炸麵球當成「麵料」。

不過，即使同是關西，京都卻有一道別具風味的「たぬき」。

京都的「きつね」與關東一樣是「放了油豆皮的烏龍麵／蕎麥麵」，但是「たぬき」卻是「放了油豆皮碎塊的烏龍麵／蕎麥麵」，意思是京都人沒有「きつね」=烏龍麵，「たぬき」=蕎麥麵的概念。

除了京都，滋賀縣西部或大阪的部分地區也有這類吃法。

看來即使都被稱為關西，各區域還是略有差異，說不定有些地方還有特殊的名稱。希望大家能珍惜這種文化上的差異，千萬不要到最後每個地區都同化，變得沒有半點特色了。

薩摩炸魚餅算是天婦羅嗎？

聽到「天婦羅」，大部分的人應該都會想到在海鮮或蔬菜裹上麵糊，再放入油鍋油炸的食物對吧。

不過有些地區卻會將「薩摩炸魚餅」（さつま揚げ）這種魚漿經過油炸的料理稱為「天婦羅」，話說魚漿食品的「ごぼ天」（炸牛蒡）或是「えび天」（炸蝦）的「天」就是「天ぷら」的「天」對吧。

顧名思義，薩摩炸魚餅是從鹿兒島＝薩摩發跡，後來普及至全國的料理。若是翻開方言字典，石川縣、大阪府、兵庫縣、奈良縣、香川縣、愛媛縣、高知縣、福岡縣、大分縣以及西日本一帶，似乎都會將薩摩炸魚餅稱為天婦羅。聽說在宮崎縣點天婦羅烏龍麵，會端來上面放著薩摩炸魚餅的蕎麥麵出來。

記錄江戶後期風俗的《守貞漫稿》也有「京坂の天ぷらは……半平の油揚（を）云 江戶の天麩羅はアナゴ、芝エビ……魚類に饂飩粉をゆるくときてコロモとなししかるのちに油揚にしたるを云」的文字，意思是「京阪的天婦羅是油炸半平（白肉魚魚醬，類似魚板），江戶的天婦羅是在星鰻或芝蝦裹上烏龍麵粉的麵衣再油炸的食物」。

看來從這個時代開始，關東人與關西人口中的「天婦羅」就已經是不一樣的東西了。

話說回來，天婦羅其實是於戰國時代傳入長崎的南蠻料理，也有一說認為所有的油炸料理都稱為天婦羅，或許就是因為這樣薩摩炸魚餅才被稱為天婦羅吧。

一般認為，「天婦羅」（てんぷら）的語源是葡萄牙語的「料理」（tempero，テンペロ），或是西班牙語或義大利語的「天上之日（tempora，テンポラ）不吃牛肉的日子）」。

在江戶，裹麵衣的「天婦羅」是以麻油油炸的海鮮串，一開始是在路邊的攤販銷售。

據說「てんぷら」的漢字「天麩羅」的漢字是由江戶後期戲劇作家山東京傳發明的，「天」取自代表外國的天竺，「麩」是麵粉的意思，「羅」則是薄薄一層的麵衣。

江戶的天麩羅於日後慢慢普及至全國後，「天麩羅」這個單字在西日本便可用來指稱「裏麵衣的天婦羅」或是「油炸魚漿的天婦羅」。

語言到了不同的地區，就有了新的樣貌，這還真是有趣啊。

不是只有可怕而已！「啊～好可怕」

聽到「啊～好可怕」（あーこわい），會以為別人遇到什麼可怕的事情對吧？可是居然有一些地區會在覺得「很疲勞」的時候說「こわい」。

看來這個「こわい」有許多不同的意思。

國立國語研究所編撰的《日本言語地圖》指出，北關東以北、紀伊半島南部、中國地區、四國地區的西側、九州南部這些地區都會在好累的時候說「こわい」。

其實「こわい」這個單字在奈良時代或平安時代的意思是「強度」與「硬度」，寫成漢字則是「強い」，現在似乎也有不少人會在吃到硬硬的飯的時候，說「ご飯がこわい」，「お強＝おこわ（鍋巴）」似乎也與這種說法有關。「お強」就是在強飯（こわめし）加上美化的「お」的女房用語（於宮中服務的宮女用語），指的是煮的有點硬的飯。有時也會用來形容身體變得很緊繃的狀態，「てごわい」則有「很頑固」的意思。

若從上述的用法來看，很疲勞的時候，身體會變得很僵硬、緊繃，所以才會以「こわい」代替「疲れた」（疲勞）吧。

至於大部分人知道的「可怕（こわい＝怖い、恐い）」（恐ろしい），則可在鎌倉時代的文獻找到。

民俗學者柳田國男指出，「こわい」是從見到不敢置信的事物之際發出的「おおこは」的驚嘆而來，其中的「こ（是）は」是「これ」的意思，之後「おおこは」又演變成「こはし（こわい）」。也有人認為想到可怕的事情，身體就會變得僵硬，精神也跟著變得緊繃（變硬），所以才會以「こわい」形容很硬的狀態。假設上述所言屬實，「很疲勞」與「很可怕」都用「こわい」形容，似乎也說得通。

話說回來，那些將「こわい」當成「很累」的地區又是怎麼形容「很可怕」的狀態呢？這些地區通常會說成「おそろしい」或「おっかない」，很自然地在不同的情況使用不同的詞彙。

但是在現代的標準語之中，「こわい」就是「可怕」（おそろしい）的意思，所以在那些將「こわい」當成「疲勞」之意的地區的年輕人，也通常會以「こわい」形容很可怕的狀態。

一個字就能形容不同的狀態的確很方便，但日文是詞藻豐富的語言，還是希望大家能重視日文的多樣性。聽說最近方言在年輕族群很受歡迎，有機會的話，大家不妨重新檢視一下每塊土地與眾不同的語言吧。

沖繩的西邊不說成ニシ

沖繩的「西表島」該怎麼念呢？

一如很有名的「イリオモテヤマネコ」（西表山貓），西表島的讀音是「イリオモテジマ」，意思就是漢字寫「西」，但讀音讀成「イリ」。

沖繩地區的方位讀音實在是很特別。

比方說，東邊因為是太陽升起的方位，所以讀成「アガリ」，至於西邊是太陽西沉之處，所以讀成「イリ」，南邊則讀成「フェー（ハエ）」，但最扯的是，北邊居然讀成「ニシ」，這很容易讓人搞不清楚是北還是西對吧。

為什麼沖繩人會將北說成「ニシ」呢？

國語學者金澤庄三郎認為這有很可能是因為「いにし」的「い」在漫長的歲月之中被省略了。一如「いにしえ」（過去的時間）這個詞，「いにし（=往にし方向）」的意思是「過去的、早期」，用來形容空間之後，就產生了「老地方、過去存在的地方」這類早期居住之地的意思。

一般認為，沖繩人是從北邊來到沖繩的，也才因此將北邊稱為「いにし」。

話說回來，當我們在沖繩問當地的年輕人「ニシ是哪邊？」的時候，他們都指向「西邊」，所以現在還會把「北邊」說成「ニシ」的人，應該都是「老阿嬤」了吧。

再者，「ニシ」不只代表北邊，還代表在十月初宣告季節變換的北風，例如在沖繩就有「ミーニシ（新北風）」這種說法。

沖繩的夏季十分漫長，每當這股「新北風」吹起，才會讓人覺得秋天真的來了。

看來沖繩的語言是無法與大自然以及人們的生活切割的啊。

讓人大吃一驚的「たまげる」

在遇到讓人「嚇破膽」的事情時，可用「たまげる」這個單字來形容，漢字會寫成「魂消る」，所以從字面可以知道，這是用來形容「嚇得失魂落魄」的狀態。

其實這個單字最早讀成「たまぎる」，在平安時代的文獻也可看到相關的記載，似乎到了江戶時代之後，才出現「たまげる」這種說法。

國立國語研究所曾針對「如果突然被人從背後大喊，嚇得半死的時候會說什麼？」這個問題調查，最終得到了下列的結果。東日本、四國西部、山口、廣島會說「タマゲル」，九州一帶似乎會說成「タマガル」，島根的局部地區則會說成「オビエル」。看來會把很可怕的事情說成「怯える」就是從這裡來的。其他還有「オドケル」、「オボケる」、「オブケル」這類於長野、靜岡或愛知普及的說法。

也有人回答「ビックリする」。這種說法的語源似乎是「びくびく」、「びくっと」這類模擬身體動作的擬態語，但通常只有近畿地區會這麼說。更有趣的是，東北地區的人會說成源自「動転する」的「ドオテンスル」。

如果攤開地圖就能發現這些詞彙的特徵。

「ビックリ」（嚇一跳）是近畿一帶的用詞，若往外圍移動，就以「オビエル」為主流，而在這塊地區的兩側則以「タマゲル」為主流。

在民俗學者柳田國男提倡的「方言周圈論」之中提到「語言在文化的核心地帶誕生之後，會如漣漪般向外擴散，並在過程中，將過去在這塊土地紮根的語言趕出去」。

這個用來形容驚慌失色的詞彙似乎也能以「方言周圈論」解釋。這也意思著從文化中心的京都向外分佈至整個近畿地區的「びっくりする」是最新的說法，而曾流行一段時間的說法是「おびえる」，至於最古老的說法就是於最外圈分佈的「たまげる」。反過來說，用於形容大吃一驚的詞彙是依照「たまげる」→「おびえる」→「びっくりする」的順序演變。

當我們發現那些以為只在自己的故鄉使用的說法居然在相隔甚遠的地區普及，的確會讓人「大吃一驚」（びっくりする）對吧。

如此說來，我們的確可從語言的分佈狀況看出歷史的脈絡。

穿手套的動詞是はめる？する？還是はく？

雖然這個例子的用字有點艱澀，但大家會怎麼形容「手袋を装着する」（穿戴手套）這個動作呢？

節目募集到的讀者意見，結果大致分成下列兩大類。

第一類，關東甲信越、東海、近畿、中國、九州這個大範圍地區會使用「はめる」或「する」。

有讀者告訴我們，這有可能是因為「戒指」與「鈕扣」都是搭配「はめる」這個動詞，所以與洞有關的東西都使用「はめる」這個動詞。

也有讀者指出會以「する」的「している」描述已經穿好手套的狀態，但準備穿手套（装着する）的時候會使用「はめる」這個動詞。

第二類則是北海道、東北、信越、近畿、四國、沖繩一帶，都是使用「はく」這個動詞。聽說在沖繩地區，連戴眼鏡、戴帽子、穿毛衣都是使用「はく」這個動

詞，意思是所有用到「着る」（穿）、「付ける」（戴）的動作都會使用「はく」這個動詞。

一般人認知的「はく」都是用在下半身服飾的動詞，例如「ズボンをはく」、「靴下をはく」，而且從「はく」的漢字來看，也能驗證上述的說法，例如穿上腰部以下的服飾的「はく」會寫成「穿く」，穿鞋子或穿襪子的「はく」會寫成「履く」，將佩刀掛在腰際的「はく」則會寫成「佩く」，而這些都是腰部以下的動作對吧。

也有意見認為，只要試著擺出「立正」這個姿勢，手就會在腰部下面。

此外，有德島縣的聽眾告訴我「除了『手袋をはく』之外，還有『手ぐつをはく』這種說法」。「手ぐつ」是方言，同樣是「手套」的意思，只是這種說法更古老。「手ぐつ」的「くつ」寫成漢字的「沓」。自古以來，沓除了是地位較高的人在典禮穿的鞋子，也是平民在下雪時穿的藁長靴（稻草做的長靴）。從那個手套也是用稻草製作的時代來看，穿在腳上的鞋子稱為「くつ」，戴在手上的手套則稱為「手ぐつ」。

由於穿「くつ」搭配的動詞是「はく」，所以「手ぐつ」當然也是搭配「はく」，或許正是因為如此，才會連現代的「手袋」（手套）都是搭配「はく」這個

動詞，只是這個「手ぐつ」到底是從何時出現已不可考。

也有讀者提到，岩手縣一帶的說法是「手袋をかげる」，而在山口縣的說法是「手袋をやる」，有些地方甚至是使用「さす」（插）這個動詞。

看來各個地方都有自己的說法。看了讀者來信之後，最令我印象深刻的就是每位讀者對於自己的說法都很有自信這點，尤其以「はく」為主的地區，更是有很多人以為「はく」是全國通行的標準語，而這種說法或許就可說成是「隱性的方言」吧。

會怎麼形容「坐」（座る）的動作？

大家都會怎麼形容「坐」（座る）這個動作呢？

感謝大家的來信，其中最多的答案就是「ねまる」。有讀者提到，這種說法以青森、秋田與其他東北地區為主，新潟或富山的人也會這麼說。「ねまる」是歷史悠久的語言，一說認為是從「粘る」一詞而來。新潟的人指出「ねまる」是比正座更放鬆的坐法，如果看到年輕人坐在車站或超商前面的地上吃東西，就會形容成「ねまって食べる」。

另一方面，神奈川一帶會說成「ぶっさぁる」。「ぶ〜」這個部分通常源自「ぶち（打ち）」，是為了強調或是加強氣勢才加在動詞的開頭，例如「ぶっ倒れる」就是其中一種，關東甲信越一帶則會將「投げ捨てる」（丟掉）說成「ぶっちゃる」。同理可證，「ぶっさある」有可能是從在「すわる」冠上「ぶっ」的「ぶっすわる」演變而來。

此外，岡山一帶會把「座る」說成「へたる」。雖然標準語也有「へたる」這個動詞，但意思是「沮喪地坐著、一屁股坐下去」的意思。

有讀者告訴我，在他還小的時候，曾在群馬被罵「おつくべしろ！」。「おつくべ」似乎是從「つくばう」這個意思為「うずくまる、しゃがむ」（蹲）的動詞而來。

也有許多讀者告訴我，「すわる」還有許多對小寶寶或小孩子說的幼兒語版本。其中最常見的就是「ちゃんこ」，這種說法似乎是以京都、鳥取、廣島、福岡以及西日本一帶為主，北海道好像也有「おっちゃんこ」這種極為相似的說法，聽說這種說法是源自「ちゃんとする」（好好做）。根據方言字典的記載，光是「ちゃん」的部分似乎就有「端正地坐著」的意思。兵庫一帶會說成「おっちんとん」，大阪、德島一帶則是「おっちん」，而這兩個詞彙的語源則都是「ちゃん」。

此外，福井一帶似乎把正座說成「おちょきん」，這個詞彙很有可能是從「ちょきんと」這個意思為「端正的姿態」的方言而來。

其他還有神奈川與長野的「えんと」。我們對小朋友說話的時候，也會使用「えんこ」這個意思為「坐在地上，兩腳往前伸」的說法對吧。由於「えんと」這種說法也可用來形容交通工具故障，動彈不得的狀況，所以有可能是源自上述的「えんこ」。

我們知道有許多說法都是從幼兒語演變而來，就算將範圍完全聚焦在「座る」這個動詞，也能找到上述這麼多種說法。

各地稱呼「へそくり」（私房錢）的方法

有沒有人以為「へそくり」（私房錢）的語源是「おへそ」（肚臍）呢？其實這個字的語源是「綜麻」（へそ），也就是將「紡好的麻線纏成一圈圈之後的東西」，而將纏好的麻線拉成線，拿來做家庭代工賺外快的錢就稱為「へそくりがね」，之後才又將這個單字寫成漢字的「臍繰金」。

話說回來，「へそくり」在日本各地的名稱似乎都不一樣。

例如收到了下列的讀者來信。

山形縣的讀者告訴我們「北海道的祖母都將私房錢說成『外持米（ほまちまい）』。意思是在外持有的米。所謂的「外持」指的是將東西納為己有的意思，而那個東西就是「偷偷存下來的錢或財產」，所以私房錢才被稱為「外持」（ほまち）。翻開方言字典的話，會發現這種說法主要於北海道或東北地區使用。

秋田縣的讀者則告訴我們「當地是將私房錢說成『ほったっこ』」。青森縣好像也說成「ほたこ」，但這個字在津輕的方言是「端っこ」（邊緣）的意思，有可能是從收集零錢的意象而來。

新潟縣或富山縣似乎是說成「しんげじぇん」或「しんがいぜん（ぜに）」，這類說法很有可能是源自「新開錢（しんかいぜに）」這個單字。所謂的「新開」有開拓、開墾的新田之意，而新開錢是指來自新田的收入，之後才又從這個意思衍生出「偷存私房錢」的意思吧。上述這種說法主要是於石川縣與新潟縣使用。

其他還有於兵庫縣、奈良縣以及近畿一帶使用的「ないしょがね」，這應該就是源自「內緒の金」（祕密資金）吧。

岡山縣、鳥取縣、德島縣、福岡縣則會說成「まつぽり」，據說這是源自「まつわる」（纏東西）或「からみつく」（將東西纏繞於某物）。佐賀縣則說成「きゃーふぜに」，漢字寫成「脚布銭」。所謂的腳布是女性的腰帶，所以腳布錢有可能就是指藏在腰帶裡面的錢。沖繩縣的私房錢則說成「わたくし」，這應該是從「私金（わたくしがね）」簡化而來的才對。

看來「私房錢」的稱呼還真多，每個地區都有自己的說法啊。

日語研究室

NHK主播

為你解析110個常見用語

理解曖昧日語的思考、含

第11章 這個是什麼意思？

總之，先來杯啤酒！

夏天理所當然是喝啤酒的季節！

走進居酒屋的話，第一句話應該就是「總之，先來杯啤酒！」（とりあえずビール）對吧？

不過這裡的「總之」（とりあえず）到底是什麼意思呢？

「とりあえず」的漢字寫成「不取敢」，是在意思為「預留時間，從容不迫」的「取敢（とりあう）」加上否定的「不（ず）」而來，所以意思就是「來不及」、「很急迫」，這也代表「とりあえず」是形容情況非常急迫的詞彙，有「馬上、立刻」的意思。「取るものもとりあえず駆け付けた」也是「急忙趕赴現場」的意思。

後來才又從「馬上、立刻」的意思衍生出各種用法。

比方說，「とりあえずお礼まで」（總之先跟您說謝謝）或「とりあえず報告します」（總之先報告）的「とりあえず」都有「其他的事情暫且不管，先做這件事」的意思，常於緊急或某事較為優先的情況使用，字典的解釋也是「處理緊急事態」。

不過，「とりあえずビール」（總之，先來杯啤酒）又是怎麼一回事？這句話的語氣一點也不積極，完全不像前述的例子對吧。這裡的「とりあえず」是「現在這個時候的話……」、「現在這個情況的話……」的意思。在街上詢問路人「說『とりあえずビール』這句話的目的是？」結果得到「讓大家能一起乾杯」、「雖然不能喝啤酒，但至少第一杯點啤酒」、「沒有任何想法，只是每次都會這樣說而已」這類答案，看來也不是每個人都想喝啤酒啊。

就算是「總之，先點杯茶再說」或「總之，先點餐再說」的情況，或許大家是抱著「反正也沒別的事情可做，就先點杯啤酒再說吧」的心情說這句話的吧。

有些字典則沒有記載原本的意思，只收錄了「現在這個時候的話……」、「現在這個情況的話……」這類意思。

看來「とりあえず」越來越沒有「馬上、立刻」的意思，語意也越變越曖昧了，在不打算把話說得太清楚的時候，很有可能脫口說出「とりあえず」這句話搪塞一下，可見這句話還真是方便好用啊。

「小腹が減った！」（肚子有點餓）的「小」是什麼意思？

大家會用「小腹が減った」這句話形容肚子有點餓的情況對吧？

這句話早在江戶時代就已經出現，而「小腹」的「小」不是「小」的意思，而是擁有「一點點、稍微、區區」意思的接頭詞，比方說「小耳に挟む」（不小心聽到某事）、「小降りになる」（下起微微細雨）的「小」都是這個意思。

「小」還有很多種意思。

比方說「小ざっぱり」「小ぎれい」的「小」就有「莫名地、似有若無的」意思，而「小一時間」「小半日」的「小」則有「大約、幾乎」的意思，而「小しゃく」（生悶氣）或「夕焼け小焼け」（淡淡的晚霞）的「小」則有調整或強化語氣的功能。

接頭詞的「小」能呈現難以言喻的感覺，還能強化語感或是讓這個單字的發音變得更平順，所以自古以來都很普及，也有很多人喜歡使用這種說法。

最近好像很常聽到「ちょいワルおやじ」（有點狂野的大叔）。於二〇〇一年創刊的男性雜誌就很常使用「ちょいモテ」這種意思為「有點壞、有點危險的男人才有魅力」的單字。

其實江戶時代就有這種「ちょい〇〇」的說法，例如「ちょい見」（稍微看一下）、「ちょい役」（跑龍套的角色），但聽起來都不太正面，而現代的「ちょい旅」（小旅行）、「ちょい飲み」（小酌）則有讓人放輕鬆的感覺。

此外，最近也很常聽到在單字前面加上法文的「petit（プティ＝小的、可愛的）」的說法，例如「プチホテル」（小巧可愛的飯店）。這種說法最早於昭和時代出現，而現代人也很常將這個「プティ」冠在各種詞彙上，例如「プチ贅沢」（小奢華）、「プチ努力」（稍微努力）、「プチ整形」（微整形）就屬這類例子。

這些例子是用來形容「雖然沒辦法大肆揮霍，但稍微奢侈一下還是可以」或「沒辦法太努力，但稍微努力一下還是可以」的情況，可見這個「プチ」的語意與「ちょい」真的很類似，都能確切地描繪「就算不能太認真，但想試試看，體驗一下」的心情，看來大部分的人都喜歡這種放鬆、樂觀的感覺。

「鬼ごっこ」（鬼抓人）的「ごっこ」是什麼意思呢？

兒童遊戲「鬼ごっこ」（鬼抓人）似乎有兩百多種稱呼，而且很多地方的說法都不一樣。

「鬼ごっこ」這種稱呼先於關東地區普及，之後才慢慢擴散至日本全國各地。話說回來，「鬼ごっこ」的「ごっこ」到底是什麼意思呢？

一說認為「鬼ごっこ」源自「鬼事（おにごと）」，而民俗學者柳田國男則主張「鬼事」的「事」有「儀式或祭典」的意思。

另一說認為「鬼ごっこ」這個遊戲源自「追儺」（ついな）這個在除夕夜（大晦日）舉行的活動。這個活動會讓玩家驅逐扮鬼的人，藉此消災解厄，很像是現代於二月三日舉辦的節分活動，所以有可能是這項追儺活動在轉型為兒童遊戲的過程中，慢慢地於日本全國普及。

記錄江戶時代風俗習慣的《守貞漫稿》也有「今は江戸にても鬼ごこと云は鬼事の訛ならん」的記載，所以有人推測「鬼事」的「こと」變成「ごこ」，之後又變成「ごっこ」，才出現了「鬼ごっこ」這種說法。

此外，「鬼ごっこ」是個扮「鬼」的人追著玩家的遊戲，所以「ごっこ」一詞有「兩人以上的玩家一起模仿某個動作」的意思，例如「お姫様ごっこ」就是模仿公主的遊戲，「電車ごっこ」則是模仿電車的遊戲。

雖然最近越來越少人玩這類遊戲，但小時候真的很常玩「電車ごっこ」或「お店屋さんごっこ」這類遊戲對吧。當我們在學校玩這類扮家家酒遊戲的時候，也從這些遊戲學到不少有關社會的運作方式。話說回來，日文的「学ぶ」是從「まねる」（模仿）一詞而來，可見模仿的過程有多麼重要啊。

其實「事」以不同形態出現的單字還有很多。

例如「ありっこないよ」、「できっこないよ」原本是「あることがない」（沒這回事）、「できることがない」（做不到）的意思，而當句中的「こと」縮短為「こ」，就變成現在我們熟知的說法。「じゃんけんぽい、あいこでしょ」（剪刀石頭布，平手，再來一次）的「あいこ」似乎也是源自「あうこと」的說法。

有機會的話，試著回溯這類於遊戲中使用的詞彙也很有趣吧。

酒的「さかな」是什麼？

日文的下酒菜通常會說成「酒のさかな」，句中的「さかな」可寫成漢字的「肴」，大概從八世紀之際的文獻就能看到這個詞彙的蹤影。一般認為「さかな」是由「さか（＝酒）」＋「な（＝菜）」組成，但這裡的「菜」不只是蔬菜，還包含各式各樣的配菜。

換言之，「さかな」的意思是「各式各樣的下酒菜」。

從鎌倉時代開始，於酒席中助興的歌舞或話題開始被稱為「さかな」，所以我們也很常說「之前喝酒的時候，○○的事情被當成下酒菜了」（○○さんの話を肴に飲んだ）對吧。

另一方面，海裡的魚類曾有一段時間被稱為「うお」。那麼為什麼「うお」這個說法會變成「さかな」呢？這個問題的答案雖然眾說紛紜，不過於昭和初期編纂的國語字典《大言海》對此有下列的解釋。「魚肉是最美味的下酒菜，故引其名為下酒菜之代名詞」。意思是在各式下酒菜之中，最美味的就是「魚」（うお），所以「さかな」就等於是「うお」的代名詞。

另有一說認為，直到日本近代為止，只要不是遇到節慶，非沿岸地區都是很難吃得到「魚」（うお）的，而且魚肉通常會與酒類一起端上桌，所以說到「さかな」就是在說「うお」。再有一說認為進入江戶時代之後，江戶一帶變得一整年都能吃得到「魚」（うお），所以許多人乾脆把「さかな」以及「うお」當成一樣的意思，後來這個於江戶開始的習慣便慢慢地往西日本普及。江戶時代的書籍《浪花聞書》也曾有「魚屋（ウオヤ），サカナや是也」的記載。

話說回來，國立國語研究所的調查指出，關西有部分地區會以「うお」、「さかな」這兩個詞描述「魚」的不同狀態。比方說「うお」是指在河裡或海裡游泳的魚，而「さかな」則是烹調完成的魚肉，也有地區將河魚稱為「うお」，將海魚稱為「さかな」。

內陸地區的人們恐怕只能在河川或池子裡看到正在游泳的魚，至於海魚，更是只能在煮成料理，與其他菜色一起端上桌的時候看到，或許也是因為這樣，「海魚」才會被稱為「さかな」吧。

漢字的「魚」原本只讀成「うお」，一直到等到一九七三年常用漢字修訂之後，才正式被讀成「さかな」。這個在近代才被正式承認的單字，可是有著上述這段歷史呢。

筆まめ的「まめ」是什麼？

每月的二十三日都是「文之日」。不嫌麻煩，特地以毛筆寫信或寫文章的興趣，或是喜歡這個興趣的人都稱為「筆まめ」，但這裡的「まめ」是什麼意思呢？

其實這裡的「まめ」寫成漢字的「忠実」，是從奈良時代就出現的詞彙，「忠」有「真心」的意思，「実」則有「內容紮實可信，沒有半分虛假」的意思，合在一起就是形容「誠實而認真的人」。

到了平安時代，「忠実」就出現了「真心對待他人」的意思，尤其《源氏物語》還將專情的男性稱為「まめ男」。現代人口中的「まめな男性」則是在形容對任何事情都很用心的男性。

等到進入鎌倉時代之後，又衍生出「不懼麻煩，用心對待任何事物」的意思，換言之，「認真工作」、「認真的人」都是「忠實」的人，也出現了「まめに暮らす」（健康地生活）這類身體很結實的意思。

因此，「筆まめ」這個在「筆」接上「まめ」的單字也有「不怕麻煩，認真對待毛筆（用毛筆寫字這件事）」的意思。

在語尾加上「忠実」（まめ）的詞彙還有很多。例如「小まめ」有一點一滴辛勤地付出之意，「足まめ」則有「不怕麻煩，四處奔波」之意，「気まめ」則有「不辭辛勞，用心工作」的意思。

雖然上述這些單字都很正面，但大家可要注意「口まめ」這個字，因為這個單字是「很長舌，很多話」的意思。

話說回來，「まめ」這個字總會讓人想到「豆子」這種食物。這個常常綴在單字開頭的「豆」有「小、稍微」的意思，較常見的單字有「豆知識」（冷知識）、「豆電球」（小燈泡）、「豆自動車」（小型汽車）、「豆本」（小本的書）、「豆記者」（兒童記者）等，不過「筆まめ」的「まめ」可不是食物的「豆子」，而是「忠実」喲。

雖然電子郵件已取代了傳統郵件，但在了解這類詞彙背後的意思之後，讓人很想拿起筆來寫封信呢。

「どっこいしょ」是什麼意思？

不知道大家從椅子上起身的時候，會不會不自覺地喊出「どっこいしょ！」呢？

這個「どっこいしょ」的語源似乎眾說紛紜。

民俗學者柳田國男主張這個詞彙的語源是「どこ（哪裡）へ」（前往某處）。「どこへ」原本是個發語詞，用來中止對方的發言或行動，與「なんの！」（你說什麼！）或「どうして！」（為什麼！）的意思相同，都是會讓人不禁用力說出來的詞彙，而且江戶時代的歌舞伎也常有類似的台詞，只是現代人已不太這麼說，所以可能無法體會這個詞彙的語感。之後這個「どこへ」就轉變成「どっこい！」後續又演變成「どっこいしょ！」的說法。

據說相撲的「どすこい！」（來吧！）也是源自前述的「どこへ」。

據說早期進行相撲比賽的時候，會在想要化解對方的施力點或是招數之際大喊「どこへ」，而「どこへ！どこへ！」爾後喊著喊著，就變成「どっこい！どっこい！」，最後又變成「どすこい！どすこい！」

此外，也有下列這種說法。

自古以來，日本人相信深山之中自有神明與祖靈，自然而然對高山產生崇拜之心，也養成了登山的習慣，當時也提倡所謂的「六根清淨」。所謂的六根是佛教用語，指的是「眼、鼻、耳、舌、身、意（心）」，這些都是與世俗接觸的部分，若是不潔就會罪惡叢生，為了斬斷來自六根的慾望，讓身心潔淨，才會提倡「六根清淨」。而「六根清淨」的讀音「ろっこんしょうじょう」，聽起來也的確與「どっこいしょ」相近。

不論上述的何種說法為真，「どっこいしょ」都是脫口而出的發語詞對吧。或許正是因為信仰與生活密不可分，所以才能無師自通，自然地發出這個詞彙。

探尋語言的根源似乎讓人有種得以一窺日本人在古時候的生活觀與價值觀的感覺。

染手與洗腳

有讀者來信詢問：「明明做壞事的時候是說『手を染める』，那麼為什麼金盆洗手的時候卻說成『足を洗う』呢？」仔細一想，還真是有點奇怪。

應該有不少人會覺得「手を染める」這個慣用語莫名地負面，但這應該是因為聯想到「悪事に手を染める」（為非作歹）或「犯罪に手を染める」（走上犯罪之路）這類說法，不過，「手を染める」這句慣用語本身沒有任何負面的意思。

「手を染める」這句慣用語一直以來都只有「著手做某事」的意思，比方說，在開創新事業的時候會說成「事業に手を染める」。「染める」這個單字有將東西浸泡在液體之中，藉此染上顏色或圖案的意思，所以會給人一種「不易褪色」的印象，或許也是因為如此，才會被用來形容很難擺脫的犯罪或罪惡吧。

不過「手を染める」的「染める」原本是「初める」這個詞彙，所以意思為「著手做某事」的「手始め」便演變成「手初め」，之後又傳成「手を初める」，最終才又演變成「手を染める」這個說法吧。

接著是有「擺脫、脫離」之意的「足を洗う」。一說認為，這個詞彙來自佛教。佛陀在修行的時候通常是打赤腳的，而打赤腳修行的僧侶在回到寺廟的時候，都會先洗掉腳上的髒汙，這個動作也象徵著「洗去俗世煩惱」，所以「足を洗う」才會被引申為「擺脫、脫離」的意思。早期的旅館一定會在門口擺一桶洗腳水，住宿者必須在門口洗腳才能進入旅館。

由此可知，「手を染める」與「足を洗う」並非彼此呼應的慣用語，而是各自有屬於自己的脈絡。

此外，「足を洗う」在英文會說成「wash one's hands」（洗手），看來是洗手還是洗腳，其實沒那麼重要。順便提醒一下，「wash one's hands」還有「去廁所」這個意思，大家可千萬要記得喲。

話說回來，「手始め」、「手を出す」、「手を付ける」這種意思為「著手從事某事」的詞彙通常都跟「手」有關。雖然不知道為什麼會是這樣，但或許是因為「腳」是站在地上，支撐身體的器官，所以才會說成「著手從事某事」吧。

日語之中有許多與身體器官有關的慣用語，這或許是因為日本人不喜歡把話說得太明白，所以這類慣用語才會這麼多吧。

留守到底是在家還是不在家？

「老公只需要專心賺錢，不回家最好！」（亭主元気で留守がいい！）

過去有段時間很流行這句話，說的是「老公不在家最好」。

對日本人來說，「留守」就是「家裡沒人」、「不在家」的意思，但令人覺得不可思議的是，漢字居然寫成「留まって守る」（留下來保護……）的「留守」。

其實「留守」原本的意思真的就是照著字面解釋。

「留守」這個源自中文的詞彙原本是「皇帝、國王不在首都之際，代為視行政事的行為或是人物」的意思。古時候的《續日本紀》也有「藤原朝臣仲麻呂為平城留守」的記述。這句話的意思是「身為朝臣的藤原仲麻呂為平城京的留守」，也就是留在京城，等待天皇回朝的意思。

從那時開始，就把「主人或家人外出時，留在家中，守護家園的人」稱為「留守」，恰恰與現代的意思相反。

「留守を預ける」、「留守を頼む」這類說法原本也是一家之主在準備外出之際，拜託家人「看家」的意思。

但是這句話的重點慢慢地從「在一家之主不在家的時候看家」轉移到「不在家」的部分，到了鎌倉時代之後，「留守」就變成「出門、沒人在家」的意思，與現代的用法一致。

到了江戶時代之後，又出現「手もとがお留守になる」這種「三心兩意，導致事情做得很草率」的說法，其中有絕大部分都是像「お留守」這種冠上「お」，嘲諷他人的用語。

中文的「留守」仍是「留在家裡，守護家園」的意思，只有日本的「留守」產生了語意上的變化。在從中國傳入日本之後，語意產生變化的這類單字還有很多。

例如「勉強」也是，就字面來看，「勉強」是「強いて（＝強制）努める（＝硬要做某事）」的意思，與中文的「勉強」意思相同，而且這個詞彙在江戶時代傳入日本的時候，意思也仍是中文的「勉強」，沒想到後來卻從「努力面對困難」變成「懷抱著熱情，努力做某事」的意思，之後又與做學問沾上邊，最後就變成「學習」的意思，不過在中文裡，「勉強」這個詞還是原本的意思（參考第八章「為什麼降價要說成「勉強」？」）。

話說回來，該不會那些討厭讀書的人早就知道「勉強」原本的意思吧？

かっ飛ばせ~！的「かっ」是什麼意思？

每一年的高中校際棒球聯賽總是高潮不斷，場場好球。

在場邊加油的啦啦隊也常常高喊「かっ飛ばせ」（把球打飛出去），但句中的「かっ」到底是什麼意思呢？

這裡的「かっ」是用來強化「飛ばせ」語氣的詞彙，「かっ飛ばせ」聽起來也的確比「飛ばせ」來得更有氣勢對吧。

類似的例子還有「かっ食らう」（猛吃）、「かっさらう」（迅速奪取），還有「耳をかっぽじって良く聞け」（耳朵給我洗乾淨，仔細聽好）的「かっぽじる」（耳朵用力掏乾淨），這些都是利用「かっ」加強語氣的語彙。

這裡的「かっ」其實源自「掻き」這個單字，而這個單字從平安時代就會冠在動詞前面，用來強調語氣，比方說天空突然烏雲密佈的「一天にわかに掻き曇る」就是其中一例。之後這個「掻き」就升級成更有氣勢的「かっ」，也在江戶時代成為市井小民的用語。

其他還有這種加在字首，強化語氣的說法。

例如靜岡縣的讀者就來信提到「有些動詞會像『うっ転ぶ』一樣，在字首冠上『うっ』強化語氣」，而這個「うっ」則是從「打ち」演變而來的。相撲也有「うっちゃり」（後仰側摔）這招將對手拋出土俵的絕招。這個詞彙原本是在借力使力的「遣る」加上強調語氣的「打ち」的「打ち遣る」，後來又變成「うっちゃる」，最後才又變成前述的「うっちゃり」。現在在某些老社區也會聽到「それ、うっちゃっとけ」（那個，先拿去丟掉）的說法。

也有讀者來信提到「還有ぶちあたる、ぶちやぶる、ぶんなぐる、ぶっこわす這類強化語氣的接頭詞」，而這些詞彙的「ぶち」、「ぶん」或是「ぶっ」都與「打ち」有關。話說「打ち」也的確讀成「ぶち」對吧，所以才會有「ぶち○○」這種強調的說法。由於這種說法在室町時代就已經出現，所以也有人認為它有可能是關東的方言，後來才普及為俗語。

其實仔細想想，這種強化語氣的用詞還真是不少，例如「おっぱじめる」、「つっぱしる」、「すっとぼける」都是其中一種，而且每個地區說不定都有自己的強調方式。

文庫版的結語

NHK綜合電視台的節目〈語言大叔在意的詞彙〉已經結束一年以上了。這個節目是在二〇〇三年的秋天首次播放，在整整九年的時間裡，總共播放了一千二百集以上。

二〇〇三年可說是「掀起語言學習熱潮」的一年。之所以如此，或許與我在本書「前言」提到的語言環境驟變有關。當溝通變得複雜，語言就更容易遇到「亂流」，也容易「質變」。日本文化廳於二〇〇二年進行的「國語普查」指出，有百分之八十點四的人回答「語言變得紊亂」，而在二〇〇三年的同一份調查之中，有百分之七十五點九的人回答「對語言有興趣」，書店也陳列了許多與「語言」、「日語」有關的書籍。NHK每天都會收到與語言有關的抱怨與疑問，其數量之多，我們實在無法逐一回覆，而且有些問題是重覆的，所以才決定透過節目統一回答，這就是這個節目的起源。

在我接下這個節目的主持棒之際，我為這個節目立下了一個方針，那就是絕不武斷地做出「這個是正確的日語」的結論，因為NHK與我都沒有這般權力，也沒有這個資格。雖然沒有「絕對正確的日語」，但假使真的有，那也是由日常生活使用「日語」的人達成共識的結果，而我只能盡力提供判斷正確性的資料。一來，語言在誕生之前是沒有規則的，二來，當代的掌權者也無法逼所有人接受「這就是正確的詞彙」，因為「語言」就是文化的表徵，也是不斷成長的生物。

話說回來，節目開始播放幾年之後，便收到「幹嘛不說清楚講明白啊」、「所以咧？答案到底是什麼？」的抱怨，看來觀眾都希望建立所謂的「語言規範」，其他的電視台也紛紛跟風，製作了與日語相關的節目，而且多數都是以猜謎節目的形式介紹「正確的日語」。或許是因為節目的內容極為簡單明瞭，觀眾也比較容易接受，但可惜的是，這些節目都很短命。短命的原因有很多，但原因之一是那些能立斷黑白的「詞彙」通常都是使用頻率很低的用語。人們想要的是屬於日常用語的「語言規範」，想知道答案的是溝通所需的「口語」。

若問在那之後的十年，語言熱潮退燒了嗎？其實不然。根據日本文化廳的調查，平常就很注意用字遣詞的人在一九九七年有百分之六十七點三，在二〇〇四年有百分之七十點六，到了二〇一一年增加至百分之七十七點九。人們不再執著於「指出語言的錯誤」或「糾錯」，而是將焦點放在那些幫助我們互通心意的語言所應有的樣貌，大量的讀者來信也明確地告訴我們這點。

由此可知，關心語言現況的人已越來越了解語言的本質，明白「語言究竟為何物」了。要想了解與時代一同變化的語言之背景，並且從中找出最適當的詞彙時，越來越需要以語言的本質做為篩選標準，這也是本書改版為文庫本的意義所在。

二〇一四年一月　梅津正樹

日語研究室

NHK主播

為你解析110個常見用語的緣由、理解曖昧日語的思考、含意與運用方式

サバを読むの「サバ」の正体

NHK気になることば

作者　NHK廣播室
翻譯　許郁文
責任編輯　張芝瑜
美術設計　郭家振

發行人　何飛鵬
事業群總經理　李淑霞
副社長　林佳育
主編　葉承享
出版　城邦文化事業股份有限公司 麥浩斯出版
E-mail　cs@myhomelife.com.tw
地址　104台北市中山區民生東路二段141號6樓
電話　02-2500-7578
發行　英屬蓋曼群島商家庭傳媒股份有限公司城邦分公司
地址　104台北市中山區民生東路二段141號6樓
讀者服務專線　0800-020-299（09:30 ~ 12:00; 13:30 ~ 17:00）
讀者服務傳真　02-2517-0999
讀者服務信箱　Email: csc@cite.com.tw
劃撥帳號　1983-3516
劃撥戶名　英屬蓋曼群島商家庭傳媒股份有限公司城邦分公司
香港發行　城邦（香港）出版集團有限公司
地址　香港灣仔駱克道193號東超商業中心1樓
電話　852-2508-6231
傳真　852-2578-9337
馬新發行　城邦（馬新）出版集團 Cite（M）Sdn. Bhd.
地址　41, Jalan Radin Anum, Bandar Baru Sri Petaling, 57000 Kuala Lumpur, Malaysia.
電話　603-90578822
傳真　603-90576622

總經銷　聯合發行股份有限公司
電話　02-29178022
傳真　02-29156275

製版印刷　凱林印刷傳媒股份有限公司
定價　新台幣399元／港幣133元
ISBN　978-986-408-787-7
2022年2月初版一刷・Printed In Taiwan

國家圖書館出版品預行編目（CIP）資料

日語研究室：NHK主播為你解析110個常見用語的緣由，理解曖昧日語的思考、含意與運用方式 /NHK廣播室編；許郁文譯. -- 初版. -- 臺北市：城邦文化事業股份有限公司麥浩斯出版：英屬蓋曼群島商家庭傳媒股份有限公司城邦分公司發行, 2022.02
面；　公分
譯自：サバを読むの「サバ」の正体：NHK気になることば
ISBN 978-986-408-787-7（平裝）

1.CST: 日語 2.CST: 讀本

803.18　111001281

"SABA" WO YOMU NO "SABA" NO SYOTAI by NHK ANNOUNCE-SHITSU